天上星辰 细有声

霜韧 著

北方文艺出版社

图书在版编目（CIP）数据

天上星辰细有声 / 霜韧著. — 哈尔滨：北方文艺出版社, 2022.11
ISBN 978-7-5317-5723-8

Ⅰ.①天… Ⅱ.①霜… Ⅲ.①诗词—作品集—中国—当代 Ⅳ.①I227

中国版本图书馆 CIP 数据核字 (2022) 第 190757 号

天上星辰细有声
TIANSHANG XINGCHEN XI YOUSHENG

作　者 / 霜　韧	
责任编辑 / 王　爽	封面设计 / 明翊书业
出版发行 / 北方文艺出版社	邮　编 /150008
发行电话 /（0451）86825533	经　销 / 新华书店
地　址 / 哈尔滨市南岗区宣庆小区 1 号楼	网　址 / www.bfwy.com
印　刷 / 三河市国新印装有限公司	开　本 / 880×1230　1/32
字　数 / 120 千字	印　张 / 6
版　次 / 2022 年 11 月第 1 版	印　次 2022 年 11 月第 1 次印刷
书　号 / ISBN 978-7-5317-5723-8	定　价 / 68.00 元

自 序

人贵在自知，亦贵在用己之所长。的确，一个人倘若知道自己的长处，然后加以培养发挥，最终做出成绩，从而有利于社会，这是非常可贵，并且有幸的。

我衡量、思考自己的兴趣与所长，多少还是偏向于"文"的——对文化的认知与文学创作。而在文学创作中，又尤其爱好并擅长诗词的创作。这从小学时对诗词的拙劣试写，初中阶段的再尝试，以及高中阶段创作出较有模样的诗词作品，已约略可以看出。

当然，知己之所长，还要加以培养发挥，而这实际上是需要下一番锲而不舍、持之以恒的功夫的。我自高中阶段正式开始写诗填词以来，乐此不疲，至今已近二十载。

这近二十载的诗词创作历程，又约略可以分为几个时间段。首先是在校求学阶段。这又可以分为高中和大学两个小阶段，时间为 2004 年到 2007 年底，作品经陆续"过滤"后，今存四十三首。这些作品，就内容上看，主要写学业与爱情的失意苦闷。这期间，特别是高中时期，因为尚在起步阶段，经验有限，表现手法不够纯熟，格律也还没有完全掌握，因此作品不免有瑕疵，乃至拙劣。但也有一定量的作品，因少加修饰，反而有淳朴率性、自然浑成之致，为后期所不及。

接下来便是职业创作阶段。这一阶段主要心力用在小说创作上，以余力进行诗词创作，时间为 2008 年初到 2013 年底，所作诗词共一百零一首。这一阶段，自己潜心创作，心无旁骛，算是一个沉淀期。其间，对格律已经完全掌握，表现手法也趋于成熟，甚至在前贤基础上已有突破与创新。但内容上，更多的还是抒发一己之悲喜，抒情范围仍然有限。

再后面就是北漂颠簸阶段。这一阶段虽中间夹杂着在侨星中学任教的经历，但更多时候还是在北京打工，且数度往返，时间为 2014 年初到 2016 年底，所作诗词共六十五首。这期间，创作内容上主要是写北漂经历与爱情挫伤。表现手法上则显出穷而求变的态势，将西方表现主义、魔幻现实主义、超现实主义等融入诗中，真正具有创意的作品虽仍不多，但已颇可观。

自序

　　最后就是在侨星中学任教阶段。这一阶段从 2017 年初至今，所作诗词共二百九十一首。这一阶段又可以分为三个小阶段。其一为 2017 年初到 2018 年 8 月底。这段时间，可以说是我的诗词创作的沉寂期，总共才写了十二首。

　　直到 2019 年 8 月底，一个偶然的机遇才打破了沉寂。原同事吴嘉燕老师向我推荐萧山区优秀网络作品征集大赛，我最终以诗词作品参赛，赞美家乡萧山，获得了一等奖。由此突破了原先只抒写一己得失之限制，我开始更多地去关心家乡、关爱他人。同时，由于疫情影响，2020 年初居家不出，时间上有了一定的余裕。于是，在这一时期出现了一次诗词创作上的井喷，两个多月所作的诗词达六七十首之多。且无论内容，还是技法，均有相当的新意。余波所及，一直到 2020 年底。这个阶段，可以算是第二个小阶段。

　　第三个小阶段则受另外一个事件的激发。那就是在 2021 年 7 月 1 日，我观看了中国共产党成立 100 周年的庆祝大会，受到激励鼓舞，诗情澎湃，最终写下了相关题材的组诗。我从关注家乡，扩大到关注国家，关注党，乃至关注全世界。同时，大型组诗也提升了我谋篇、表达的能力。这样一来，就不仅使诗歌表现的内容大大拓宽了，同时也使技法更加老到、圆熟。于是，这之后又出现一个创作高潮，在 2021 年 8 月到 12 月这不到半年的时间里，我创作了一百三四十首诗词。及至 2021 年底，所作诗词已满五百首。

五百首，就数量而言已有可观，对于自己的所长，多少也算有点发挥了。于是，想到结集出版。原稿以一百首为一集，分别是《晨雨集》《枯崖集》《灵影集》《窗外集》《轻鹰集》。今又以《苍梧谣》中的一句"天上星辰细有声"总括，作为书名。

人之所长，最终价值还在于服务社会，造福他人。如本书中的诗句，能让他人有所触动，哪怕仅使一个人的心灵得到慰藉，那么我的作品也就有了价值，结集出版也变得有意义了。

2022 年 6 月 10 日

目录

晨雨集

渔潮歌 ·· 002
卖花女 ·· 002
悲　风 ·· 003
悲　尘 ·· 004
悲　蜂 ·· 004
悲　桨 ·· 004
咏　煤 ·· 005
咏　烛 ·· 005
菩萨蛮·漫山献尽桃花韵 ·················· 005
菩萨蛮·小园雨后生春色 ·················· 006
菩萨蛮·风晴偶步湖堤上 ·················· 006
忆秦娥·无可救 ·································· 006
忆秦娥·长相忆 ·································· 007
采桑子·恍惚昨梦莺来去 ·················· 007
采桑子·玉烛洒尽相思泪 ·················· 007

清平乐·流云飞雁……………………………………008

平湖感怀……………………………………………008

忆王孙·东风昨染映山红…………………………008

调笑令·孤雁………………………………………008

风　定………………………………………………009

菩萨蛮·和幼安之郁孤台…………………………009

高　中………………………………………………009

唐多令·连日雨蒙蒙………………………………010

菩萨蛮·秋风不念花凋切…………………………010

山花子·两出新山染碧云…………………………010

秋晚思丽丽…………………………………………011

更漏子·杏花亭……………………………………011

南柯子·细柳追风舞………………………………011

赠冉老师二十二韵…………………………………012

仲春怀祥子…………………………………………014

思姊独斟……………………………………………014

孟夏思阿玲十二韵…………………………………015

清平乐·伊人何在…………………………………016

火车坐感……………………………………………016

鹧鸪天·梦绕魂萦已觉常…………………………016

重　阳………………………………………………017

赠琛兄………………………………………………017

鹧鸪天·别徐老师夫妇与诸学友…………………017

菩萨蛮·柔风细抚亭前柳…………………………018

目 录

天净沙·鸳鸯交戏波轻……………………………018
今 夜……………………………………………018
冬日怀祥子………………………………………019
调笑令·明月……………………………………019
吟 泮……………………………………………020
茶 山……………………………………………020
遥 怀……………………………………………020
戏作大学舍友五绝句……………………………020
春 郊……………………………………………022
初春怀祥子………………………………………023
寄派斯徐、母二老师与诸学友…………………023
田间口占…………………………………………024
采桑子·无言又步江边独………………………024
重步里秀…………………………………………025
深秋寄大连之高烈………………………………025
独 眺……………………………………………025
幽 居……………………………………………026
大 雪……………………………………………026
春 来……………………………………………027
玉楼春·邻家有女淑贞秀………………………027
相见欢·相思独上江楼…………………………027
忆秦娥·烟漠漠…………………………………028
蝶恋花·墙角孤兰………………………………028
闷…………………………………………………028

清明山行·····················029

相见欢·瑶筝哀荡西楼···········029

三月廿五对星空·················029

赴合州火车上作·················030

送别杨欣·····················031

重来合州对嘉陵江···············031

拟送廖义琨、刘鑫、牛立超二首·····031

登净水寺双塔···················032

菩萨蛮·天河不转巴山静·········033

晚　山·······················033

赠黄露·······················033

花犯·粉眉低···················034

菩萨蛮·高台雁去霜风起·········035

等　车·······················035

枯崖集

寄张咏霞老师···················038

对　影·······················038

重阳后作·····················039

护　菊·······················039

紫　菊·······················040

回　首·······················040

目 录

采桑子·胭脂南国春摇曳 ······040

除夕作 ······040

春 入 ······041

清平乐·径幽月姣 ······041

拈 花 ······041

夜步后山 ······042

菩萨蛮·条风碧送天涯草 ······044

步花木田 ······044

春日有怀祥子，兼寄小杰 ······044

幽 花 ······045

天净沙·无聊独坐芳茵 ······045

人 生 ······046

张家池 ······046

调笑令·啼鴂 ······047

鹧鸪天·独自携壶上翠微 ······047

夏 夜 ······047

步运河 ······048

蒲公英 ······048

步秋湾有感 ······048

园 田 ······049

经小学母校 ······049

暮春书怀 ······049

步 上 ······050

莫 道 ······050

苗田漫步	051
寄高烈	051
步夜池	051
午　池	051
清平乐·铜街湿漉	052
盼　醉	052
岁暮书怀	052
残　荷	053
赴远车中作	053
至　京	054
租　房	054
行沙河岸	055
菩萨蛮·万千心事和谁语	055
沙河晚坐	055
思江南	056
冥　想	056
跌　坐	056
漂京感怀	057
小　花	057
月　季	058
山　路	058
秋　江	059
夜步沙河	059
因烈有作二首	059

目录

雨江醉怀·····················060

减字木兰花·汍泉清洌·····················061

平湖伤怀·····················061

心　变·····················062

我　心·····················062

觅　春·····················062

越江悲情·····················062

三五七言二首（其一）·····················063

因烈怅怀·····················063

高　呼·····················063

天　荒·····················064

如梦令·淅淅梧桐憔悴·····················064

腊月周末·····················064

玉楼春·高天云起星河坠·····················065

长相思·山已枯·····················065

采桑子·十年花色关门外·····················065

采桑子·雨中独向天涯望·····················066

经小学有叹·····················066

玫　瑰·····················066

采桑子·山中道士知何在·····················067

好事近·桂送满庭香·····················067

自　振·····················067

灵影集

海　滩	070
海边伫思	070
我　痴	070
菩萨蛮・人生苦恨谁能免	071
菩萨蛮・春山蓊郁春波漾	071
问　家	072
黄　菊	072
来　友	072
调笑令・萤火	073
侨星夜思	073
盲・改学生习作	073
除草即兴	074
侨星二首	074
中夜有感	075
侨星夜睹茶花	075
书　怀	076
清平乐・夜	076
旅　夜	077
岁暮送别家絮	077
苍梧谣・组词十七首并序	078

苍梧谣·戊辰日续七首 ……………………… 081
求　爱 …………………………………………… 082
捏橡皮泥 ………………………………………… 083
小　丑 …………………………………………… 083
浣溪沙·屋后堂前遍种花 ……………………… 083
苍梧谣·甲戌日再续九首 ……………………… 084
采桑子·霜风一到高楼望 ……………………… 085
菩萨蛮·晚来独向高台眺 ……………………… 086
清平乐·圣杯何处 ……………………………… 086
菩萨蛮·青山一脉金光里 ……………………… 086
如梦令·晚起犹含残醉 ………………………… 087
有　悲 …………………………………………… 087
半　马 …………………………………………… 087
神　性 …………………………………………… 088

窗外集

水韵王村 ………………………………………… 090
忆合川三佛寺二首 ……………………………… 090
秋夜有感 ………………………………………… 091
七月十一日书怀 ………………………………… 091
咏侨星中学 ……………………………………… 091
萧山九咏 ………………………………………… 092

如梦令·独夜醒来残醉…………………………096

调笑令·春水…………………………………096

人月圆·硕花一朵明霞晚……………………096

人月圆·熙熙天下人来往……………………097

人月圆·烟汀四面霜风起……………………097

人月圆·十年老尽黄尘树……………………097

人月圆·侨星秋夜……………………………098

人月圆·东西南北蝇来往……………………098

涧　草…………………………………………098

人月圆·十年一路多蹉跌……………………098

永遇乐·代薛飞老师作………………………099

人月圆·新农妆出王村好……………………099

永遇乐·赞叶嘉莹……………………………100

永遇乐·咏萧然………………………………100

苍梧谣四首……………………………………101

永遇乐·秋日有怀徐恩师……………………102

永遇乐·寄蒋韩权……………………………103

采桑子·黄河澎湃黄山秀……………………103

苍梧谣九首……………………………………104

上径山寺………………………………………105

怀大学恩师徐涛………………………………106

游湘湖一角……………………………………106

唐多令·重游杭州乐园有感…………………107

聊城夜书怀……………………………………107

人月圆·参拜三孔圣地……………108

献　血………………………………108

致花雨文学社………………………108

萧　民…………………………………109

中年三首………………………………109

中　年…………………………………110

猿之行八韵……………………………110

逸　猴…………………………………111

三十五岁感怀…………………………111

赞沙县小吃……………………………111

咏　莲…………………………………112

秋日饮云门酒…………………………112

采桑子·秋风扫落梧桐遍……………112

情人节后玫瑰花………………………113

永　子…………………………………113

独　步…………………………………113

永遇乐·仰望星空……………………114

永遇乐·露水晶莹……………………114

轻鹰集

蓝　莓…………………………………116

四叶草…………………………………116

水调歌头·咏嵊州……………………………………116

蚂　蚁………………………………………………117

萤　火………………………………………………117

鹧鸪天·咏株洲云龙示范区…………………………117

霞　客………………………………………………118

牺　牲………………………………………………118

洗　涤………………………………………………118

渴　盼………………………………………………118

鹧鸪天·咏雁门关……………………………………119

采桑子（组词）·湘湖十咏…………………………119

人月圆·芦……………………………………………122

呈戴恩师……………………………………………122

浣溪沙·风已萧萧菊已哀……………………………123

眼儿媚·侨星夜伫……………………………………123

人月圆·蝾螈出没阴潮地……………………………123

人月圆·祭台高在云层外……………………………123

人月圆·胆瓶封印千层厚……………………………124

醉太平·康斯坦茨……………………………………124

浪淘沙·野行…………………………………………125

醉太平·云昏月羞……………………………………125

醉太平·千山叶黄……………………………………125

八大山人歌…………………………………………126

玉楼春·月圆月缺天然相……………………………126

历隆尧………………………………………………127

目录

浣溪沙·得骏眉茶泡饮有感 ·················127
数　沙 ·················127
护生态 ·················128
日记簿 ·················128
狗尾草 ·················128
眼 ·················129
誓 ·················129
独　伤 ·················129
谁　能 ·················130
罗　网 ·················130
忧　思 ·················130
对窗独饮 ·················131
禅　定 ·················131
心　在 ·················131
激　感 ·················132
深秋夜书怀 ·················132
闻《我的中国心》 ·················132
感遗落围棋子 ·················133
男　儿 ·················133
如梦令·一室灯昏尘满 ·················133
秋夜感己 ·················134
观星穹有感 ·················134
寒夜不寐 ·················134
呈马校长 ·················135

堵　车	135
悲中年	135
唐多令·童梦	136
永遇乐·林树下思	136

后补集

如梦令·寂寂落花风定	140
纸　船	140
苍梧谣二十一首	140
扔　石	143
漂流瓶	143
苍梧谣三十五首	144
叩　问	149
砍　树	149
梦　卿	150
童子画	150
苍梧谣十七首	150
燕衔杯三十七首	153
花娇女二十二首	158
思忆十首	162

跋	165

晨雨集

渔潮歌[1]

苍天斜阳，风华正茂。

浪滔云霄，船在海角路迢迢。

攀栏杆，把酒杯，情爽心畅，仰天一笑。

前途无量，睁眼一片白茫茫，举事看今朝。

万恶有难，四方无阻，豪情共火烧。

天不喊老，地不叫荒，世间处处乐逍遥。

注：[1]此诗作于2004年，系保留下来的诗歌中最早的一首。

卖花女

高二伊始，同学杨某患病住院，祥子等诸学友共往探视，予亦同行。探罢，约一道逛街。途中，有一小女孩，突然冲至，紧抱予腿，强行卖花，予只得应之。数日后，予感此而作《卖花女》诗。旧诗韵不协，今改定之。

同学病探罢，相约逛市集。

是日天晴正，街道颇闹热。

众友时言笑，缓行尽愉悦。

忽有纤纤物[1]，紧实抱我脚。

我脚难行步，我神忙却回。

见是小女娃，心头一诧愕。

本当急飞腿，瞋目相呵斥。

但见衣破蔽，年少方六七。

双瞳似含泪，灰颊有菜色。

声声请买花，意实强乞逼。

我心生悲悯，欲责情自熄。

抬眼望苍苍，回首深太息②。

摩挲③此娃颡④，打发行出币。

车尘来滚滚，喇叭尖叫急。

思娃命蹇厄⑤，同龄两世隔。

目随其影逝，握花久僵立。

注：①纤纤物：指女娃手臂。纤纤，形容纤巧、细长的样子。②太息：长叹。③摩挲：用手抚摩。④颡：额头。⑤蹇厄：困窘，不顺利。

悲　风

旷原几枯瓣，老树一昏鸦。

悲逢凄凉地，馨感温暖家。

雪山有幽泪，沧海无情涯。

惶惶①依何处？潸潸②傍暮霞。

注：①惶惶：恐惧不安的样子。②潸潸：流泪的样子。

悲　尘

漂泊身事惨，浮荡①心实哀。

袖挥常抑郁，风起数徘徊。

寻觅依墙角，恍惚过门台。

只道随缘去，那②知任性来。

注：①浮荡：飘荡。②那：通"哪"。

悲　蜂

晨起倾巢去，黄昏始见归。

寻芳万里累，酿蜜一生卑。

尤羡蝴蝶舞，本当青蝇飞。

长相忙碌碌，辛苦究为谁？

悲　桨

欸乃①一声际，青波几重开。

顺风非我志，逆水平生怀。

但笑长帆过，还盼巨浪来。

敢和天命斗，不是栋梁材。

注：①欸乃：形容摇橹的声音。

咏 煤

千年处幽昧①，逐日心不移。

出土犹嫌慢，入炉但恐迟。

火星显壮烈，渣滓存依稀。

残躯可用否？愿做铺路基。

注：①幽昧：昏暗不明，这里指地底黑暗、不见天日的环境。

咏 烛

冬夜天泼墨，寒厢生火烟。

焚身取点亮，合掌祈平安。

殷勤问暖意，沉默复潸然。

献热心未止，舍躯泪已干。

菩萨蛮

漫山献尽桃花韵①，芬芳一片乾坤俊。颦笑②绿梢头，开心欲放喉。　转思情蜜处，秀发春风抚。人美赛桃红，甜盈魂醉中。

注：①韵：指气韵、风姿。②颦笑：皱眉和欢笑。

菩萨蛮

小园雨后生春色,香飘碧舞稠①欢乐。蝶恋翠人家,朝夕伴泪花。 泪花娇不谢,只为相思切。郁郁久徘徊,何时情暖怀?

注:①稠:多。

菩萨蛮①

风晴偶步湖堤上,落花都在湖心漾。随兴白云移,痴情彩蝶追。 春光无限好,只被愁丝绕。旧梦已成秋,低头泪欲流。

注:①此词改定于2010年春,最初作于高三下半学期,原词:"举头一览天宫殿,融融日暖金波炫。随性白云移,飞空燕子低。 春光无限好,只被愁丝绕。赏景终归休,低头寒泪流。"

忆秦娥

无可救,相思满面相思豆。相思豆,几时常伴,人空消瘦。 销魂人在黄昏后。朦胧月色愁眉皱。愁眉皱,秋云已去,春风未就。

忆秦娥①

长相忆,情怀无数烟波里。烟波里,芙蕖②憔悴,清江水细。　　锦书③托与飞鸿寄。飞鸿一去残云寂。残云寂,冬青有待,春风无意。

注:①此词用中华新韵。②芙蕖:荷花。③锦书:锦字书,指表达思念之情的书信。

采桑子

恍惚昨梦莺来去,知是秋华。却道春华,善感多思夜夜花。　　情钟自可小天下,人到天涯。心到天涯,随爱飘零处处家。

采桑子

玉烛洒尽相思泪,睡也灯灰,醒也灯灰,清晓伶俜①不胜悲。　　痴情梦里犹呼爱,爱也阿维。恨也阿维,恨到三春雪乱飞。

注:①伶俜:孤独、孤单。

清平乐

流云飞雁,萧瑟秋风怨。独自徘徊离梦远,换得泪痕点点。　　可怜人事黄昏,沉烟落日销魂。滚滚眼前江水,殷殷①作别青春。

注:①殷殷:忧伤的样子。

平湖感怀

平湖脉脉水,风过起涟漪。
残月摸云照,啼鹃泣树悲。
三年万卷泪,四海一情痴。
苦恨忧心郁,今生谁叫知?

忆王孙

东风昨染映山红,喜笑当时春兴浓。回首光阴憔悴中。怨匆匆,和梦人生总是空。

调笑令

孤雁,孤雁,孤雁徘徊天远。嘶南嘶北声凄,东望西望路迷。迷路,迷路,寒柳断塘无数。

风　定

风定莺声碎，月残花影颓。

幽思嗔酒薄，久寂怕人陪。

菩萨蛮[①]

和幼安之郁孤台

五千里滚黄河水，八千万洒南朝泪[②]。何处得心安？巍巍立泰山。　泰山金虏[③]住，有志非能去。国破剩愁余，剜心[④]示鹧鸪。

注：①此词作于高考考场，后凭印象录制，而又经几番修改。②此句意指大宋百姓为赵家王朝偏安一隅而洒泪。③金虏：金兵。④剜心：挖心，剖心，暗用比干典故。《史记·殷本纪》："（比干）乃强谏纣。纣怒曰：'吾闻圣人心有七窍。'剖比干，观其心。"

高　中[①]

高中岁月稠，转眼过三秋。

回看昔时乐，堆成今日愁。

注：①此诗作于高三结束后的暑假里。

唐多令①

连日雨蒙蒙,客心惆怅中。算流光、一去匆匆。只叫今生随梦幻,天下事,尽成空。　　雁字伴西风,池莲卸萎红②。叹多情、当世难容。那更迷茫偏命薄,无边恨,有谁同。

注:①此篇与下面之《菩萨蛮》词,均作于初到重庆,入大学不久之际。②此句意指池莲凋谢。卸,卸去,凋谢。

菩萨蛮

秋风不念花凋切,三更梦断家乡月。坐起看浮云,浮云如我心。愁多漂泊泪,离别亲人贵。细雨入晨昏,寒风嘶独身。

山花子

两出新山染碧云,一绢浊浪赴天门①。畅望鱼城②飞气象,把金樽。　　雅兴一来诗下酒,豪情不灭剑随人。笑数平生多少梦,傲青春。

注:①天门:指重庆朝天门,系嘉陵江汇入长江的入江口。②鱼城:指合川钓鱼城。

秋晚思丽丽

红叶萧萧倚晚阳,飞鸿千阻杳茫茫。

四时微笑连晴翠①,一载同窗惹粉殃②。

病体还思身影倩,多情谁解我心伤?

低吟泪罢空回首,寂寞偏闻淡菊香。

注:①晴翠:晴天阳光下的绿草。②粉殃:粉红色的灾殃,趣指相思之灾。

更漏子

杏花亭,红木凳,更接蟾光①助兴。牵玉手,对明眸,开心魂不收。　　草依依,风细细,偏爱鸳鸯戏水。心语蜜,恋情深,良宵值万金。

注:①蟾光:月光。

南柯子

细柳追风舞,清波映月流。野芳寂石伴闲愁,堪羡玉人和我话轻柔。　　搓手花兼草,回眸喜带羞。两心相悦反身幽,偷得人间最乐也无求。

赠冉老师①二十二韵

荏苒②冬归去，欣欣日又长。
春风翰客③暖，细雨艳华④香。
翡翠⑤声过浦，鲢鳙尾拍塘。
疏杨栖燕子，轻浪戏鸳鸯。
舞蝶贪芍药，闲蜂恋海棠。
心欢终乐蜀⑥，景美不思乡。
业进松坚韧，闻增竹秀藏。⑦
知音尊友挚，励志庆师良。⑧
运蹇⑨还倾助，时迷共减伤。
龙吟驱龌龊，鹏举脱彷徨。⑩
德薄胸怀瑾，才微手握芳。
经纶非管乐，捭阖失苏张。⑪
禅道曩⑫兼晓，诗词今讵⑬忘？
登楼应赋兴，横槊逞文强。⑭
鸣鹤传天远，神农别地荒。⑮
吾侪⑯当自信，陋室会堂皇。
鸾凤生无种，鸿鹄贵有纲。
炫姿千碧瓦，得力一支梁。⑰
授义安辞苦？推心愈显彰。

举贤称狄相，育仕尚欧阳。⑱

若问深深意，回看漾漾光。

四方青草郁，烈日正高昂。

注：①冉老师：大学老师。大一伊始，我曾有困惑，得冉老师开导，此时心境转佳，遂向冉老师作诗反映。②荏苒：形容时间渐渐逝去。③翰客：文学之士，这里指读书人。④艳华：意指鲜艳美丽的花朵。⑤翡翠：翠鸟。⑥此句转用后主乐不思蜀典故，言自己心情畅快，喜爱上了这巴蜀之地。⑦这句指自己学业进步，根基扎实，如松树般坚固，难以动摇；同时见闻增长，如竹子一样向上。业，指学业。秀藏，高秀挺拔。⑧这句写大学里同学真挚友好，能理解自己的心情，正应该尊重、感激他们；老师也出色，鼓励我自己鼓起斗志，我对此感到庆幸。知音，此处分开来解，意为知道、理解心声。⑨蹇：坎坷，不顺利。⑩这句言自己摆脱迷茫，立志要像龙、鹏一样奋发有为。龌龊，这里指失意自卑。⑪这句写有经纶济世之才能的，不见得只有管仲和乐毅两人；拥有纵横捭阖之术的，也只怕算不上苏秦、张仪。经纶，经纶济世之才，喻有治理国家的大才干、大能力。捭阖，原指战国时策士到各国进行游说所采用的一种分化、拉拢的方法，这里引申为治世理国的大才能。⑫曩：以前。⑬讵：岂，怎。⑭这句言自己能像王粲一样登楼作赋，或像曹操那样横槊赋诗，展露文才。登楼，王粲写有《登楼赋》。横槊，用曹操横槊赋诗故实。⑮这两句言鹤鸟在低处鸣叫，它的声音却可以直彻

013

苍穹；神农之时，工具简陋，生产水平低下，但神农氏之努力与拼搏，改变了土地荒芜的局面。鸣鹤，本自《易经》与《诗经》。《易经·中孚》九二爻："鸣鹤在阴，其子和之。"《诗经·鹤鸣》："鹤鸣于九皋，声闻于天。"⑯吾侪：我辈。⑰这句用暗喻将整个学校比作大厦，学生是外部那美丽的瓦片，冉老师则为内在支撑屋宇之梁柱。⑱这句进一步抒发对冉老师的赞美，将其比作推贤进士的狄仁杰与培育后生的欧阳修。

仲春怀祥子①

恨别何仓促，怀君始到今。
春阳升海媚，涩雨入山淋。②
波涌一江水，情牵两地心。
会当重把盏，相对话思深。

注：①祥子：韩文祥，高中同学，其时正于上海就学。②这句中，海与山分别隐喻上海、重庆二城。

思姊独斟

云去云来夜半身，自斟自饮倍伤神。
斯心能不羡明月，还照南湖船上人①。

注：①南湖：指嘉兴南湖。姊当时正于嘉兴就读，南湖

为嘉兴著名景点，遂用此意象。

孟夏思阿玲十二韵

曾经沧海水①，辗转②意如何？

岁月随风去，相思伴日多。

更深频梦见，影倩似依过。

清韵还同昨，柔情拟泛波。

笑靥花灿烂，曼步舞婆娑。③

玉体犹安乐，真心实暖和。

望颜疑错境，叹息隔崇阿④。

眷眷怀前昔，勤勤问学科。⑤

语欢时恰恰⑥，题解且呵呵⑦。

兴极莲滋露，声甜鸟唱歌。

念今人浩渺，不觉泪滂沱⑧。

唯有杯中酒，茫然映素娥。

注：①此句化用元稹《离思》中的"曾经沧海难为水，除却巫山不是云"。②辗转：经过多种途径，引申指曲折、不顺利。③此句写玲走路姿势优美，犹如舞蹈。曼步，轻悠柔美的脚步。婆娑，指舞姿盘旋优美。④崇阿：高大的丘陵。⑤此句回忆当初玲向自己求教学科作业上的问题。眷眷，内心有所牵挂的样子。⑥恰恰：和谐，融洽。⑦呵呵：形容笑声。

⑧滂沱：形容流泪或流血之多。

清平乐

伊人何在？栀子①空相待。心结连环容色改，都付人生愁海。　　黄莺还惜青春，枝头啼唱纷纷。春色园中已满，只除不见伊人。

注：①栀子：即栀子花，亦与"挚子"谐音。

火车坐感

朝出山城夕入赣，片时看尽五湖花。
火车一日三千里，日色明朝到我家。

鹧鸪天

梦绕魂萦已觉常，去年花散落何方？殷勤①昨晚题枫叶，憔悴今晨闻菊香。　　云渺渺，水茫茫，九重天外雁声长。杜康②不解相思结，泪眼依然对夕阳。

注：①殷勤：深情，多情。②杜康：相传是发明酿酒的人，后世文学作品中多用其来指酒。

重　阳

又是重阳催物老，消愁携酒试登台。
但看江水扬长去，不似菊花萧索开。
于国于家无一用，论经论策枉多才。
黄昏醉把茱萸问，可解心中此泪哀。

赠琛兄[1]

池鱼鸿雁久沉音，客蜀思君泪满襟。
一去少年悲岁暮，千秋猛士更高吟。
纵非四极擎天柱，也化东洋定海针。
目下虽无烟障日，大同犹费使君心。

注：[1]琛兄：倪国琛，高中同学。

鹧鸪天

别徐老师夫妇与诸学友[1]

山野霜凋草木稀，低空剩有雁声凄。回肠转尽千行泪，始信人间有别离。　　西子畔[2]，钓鱼矶[3]，中间只隔一相思。今朝负米[4]归田去，不用凄凄折柳枝。

注：[1]此词作于大学肆业离校际。徐老师指徐涛，大学

时期的恩师。②西子畔：西湖边，西湖又称西子湖。③钓鱼矶：钓鱼城中的钓鱼石。④负米：意指孝养父母。"子路见孔子曰：'由也，事二亲之时，常食藜藿之实，为亲负米百里之外。'"语出《孔子家语·致思》。

菩萨蛮

柔风细抚亭前柳，百花香逐侵衣袖。月下独徘徊，斜陉①满是苔。　倩影何处是？忘了除非醉。醉也未能忘，梦乡愁更长。

注：①陉：通"径"，道路。

天净沙

鸳鸯交戏波轻，芙蓉并蒂汀①馨。月下悠悠梦醒。断桥孤影，相思泪落浮萍。

注：①汀：水边平地。

今　夜

今夜平安夜，灯火满街市。
我客宣州城，独宿逆旅①里。
清晨受风寒，头沉如灌水。

浑身无气力，酸痛到骨髓。
昏昏难入眠，但闻喧声起。
侧首望北窗，学子欢聚矣。
共庆佳节至，歌笑作狂喜。
颤手轻掩帘，感慨何能已。

注：①逆旅：行客止宿之处，客舍。

冬日怀祥子

天风从北落，思沪①此心揪。
画马应过祖②，描鸿可得愁？
当勾纷世态，莫作小家流。
独立清江暮，寒云泪不休。

注：①沪：上海，这里借代指祥子。②此句意为经过三年深造，你画马的水平应该超过你的祖先韩幹了吧。"祖"指的是韩幹，因祥子姓韩，学的是美术专业，故此处用了玩笑语。

调笑令

明月，明月，洒得一身皎洁。花开花落谁悲？风动雾动梦回。回梦，回梦，何处哀筝一弄？

吟 泮①

吟泮谁家子，扬波何处风？
莲花不着水，秋月但行空②。

注：①题目意为水边行吟。泮，岸，水边。②空：天空。《普贤行愿品》："犹如莲花不着水，亦如日月不住空。"

茶 山

映日山花媚，迎风溪草香。
儿童追蝶乐，村妇采茶忙。

遥 怀

人生无不好，但恨少知音。
幸有琛兄在，遥怀慰寂心。

戏作大学舍友五绝句①

其一

跛跛②黄尘马上欢，举杯潇洒宴中酣。
百千学妹回眸喊，黄露球场大灌篮。

注：①大学时六人一寝室，除本人外，其余有黄露、李亦雄、谭家伟、周圣普、杨欣五人。组诗依次一人对应一首。②跶跶：马奔跑踏地声。北朝乐府民歌《折杨柳歌辞》："跶跶黄尘下，然后别雌雄。"

其二

才略雄哥自有余，苏张管乐亦区区。①

他年若作陶朱②富，莫忘泛舟西子湖。

注：①此句写李亦雄才能非凡，相比于古代苏秦、张仪、管仲、乐毅之辈也全无愧色。区区，少，小，形容微不足道。②陶朱：即范蠡，传说他辅佐勾践灭吴后，便携西施隐居五湖（今太湖）一带，后经商成巨富。

其三①

于今可是醉红梅？思尔缘由亦可哀。

昨夜春雷惊梦响，总疑呼噜合州来。

注：①此篇写谭家伟。他有个叫红梅的女友，两人关系一直很好，却在大一下半学期时一度闹僵。另外，谭家伟睡觉呼噜声大，此诗抓住他这一特征，开了个玩笑。

其四

门前杨柳叶新抽,春日思亲韵最悠。

料想多情周圣普,今宵魂梦在西欧。[1]

注:[1]此句指思念身在西欧的亲人,因周圣普的家人、亲戚多在西班牙工作。

其五[1]

抽烟凝望坐伤神,每醉如泥不惜身。

知君欲罢终难罢,可怜予亦此中人。

注:[1]此篇写杨欣。他大学时也有女友,但他女友似乎并不完全接受他,两人关系不融洽。大一下半学期两人时闹僵了,他一度喝酒、抽烟解愁。

春 郊

水底眠白日,云中游纸鸢[1]。

野亭花醉客,泥径柳招仙。

注:[1]纸鸢:风筝。

初春怀祥子

未相亲话别，各自已天涯。

才醉九日①酒，又开三月花。

对川常有恨，望月岂无嗟②。

消息数年隔，思君悲岁华。

注：①九日：指农历九月初九，重阳节。②嗟：嗟叹，叹息。

寄派斯①徐、母二老师与诸学友

我昔求学在远方，远方师友心意芳，相与共度好时光。

异志②从来与人别，就此不得不断肠。

欢聚时何短，别离日已积。

日思兼夜梦，此情何有极？

登高骋西望③，聊④以解愁臆⑤。

争奈黄山山顶之松遮我眼，九嶷山⑥高雾更迷。

裂眦⑦极望望不到，唯闻湘妃之哭声凄凄。

长江流水日东流，天边鸿雁北飞急。

向西日月终无情，欲寄相思何由得？

嘉陵渔唱，二佛⑧钟声，云门⑨山色，钓城⑩风烟。

一时涌入怀，得不心怆然？

耳畔鹧鸪何时来？杜宇声声啼更哀。

回首兰芷无颜色,江花江草正恻恻。

狂风四面起,日色转昏黄。

人生苦多情,洒泪向苍苍。

注:①派斯:指所就读的重庆工商大学派斯学院。②异志:奇异、特殊的志向。③骋西望:极力朝西望之意。④聊:姑且,暂且。⑤愁臆:愁苦之心。臆:胸,引申指人的内心。⑥九嶷山:位于今湖南省永州市境内。⑦眦:眼眶。⑧二佛:指涞滩二佛寺,合川的古寺名刹。⑨云门:合川云门镇,境内有云门山。⑩钓城:指合川钓鱼城。

田间口占①

田泥铺细草,沟水漾轻花。

寻母急蝌蚪,相亲忙蛤蟆。

注:①口占:指随口吟成。

采桑子

无言又步江边独,石径依稀。斜月凄迷,深树啼鹃恻恻①啼。　人生梦好无由得,芳雨纷飞。如我心扉,满目东风满目悲。

注:①恻恻:悲伤痛苦的样子。

重步里秀①

里秀河边百草香，柳枝依旧弄晴长。
伤心不堕他年泪，相恨相思梦一场。

注：①里秀：指里秀河，高中学校南面的一条小河。

深秋寄大连之高烈①

历历②前欢犹在昨，而今消息两难通。
遥怜关外③纷纷雪，堪恨萧然④瑟瑟风。
一室卑微心欲碎，十年坎壈⑤泪成空。
何秋可得苦雨夜，醉诉佳人襟抱⑥中。

注：①高烈：小学同学，当时正就读于大连。②历历：一一分明，清清楚楚。③关外：指山海关以东或嘉峪关以西的一带地区，这里主要指大连。④萧然：萧山有萧然山，指杭州市萧山区。⑤坎壈：坎坷，困顿。⑥襟抱：怀抱，胸前。

独　眺

晴秋成远眺，抱病立高台。
浩荡江潮逝，凄清旅雁来。

无朋心独苦,有志泪双哀。

回首身行处,纷纷野菊开。

幽 居①

齿增不近俗,得意在幽居。

家贫食无肉,性痴唯好书。

解乏有山月,生计赖园蔬。

兴来歌一曲,杯水亦快如②。

注:①幽居:隐居,深居。②快如:快活的样子。

大 雪①

大雪盘风舞,乾坤尽素衣。

松枝枯欲折,云雀冻难飞。

攻课无心思,步庭多是非②。

几家贫病里,抱膝正歔欷③。

注:①此诗作于2009年年底,当时有些地方下了大雪。②是非:纠纷、争执,引申指内心的烦乱。③歔欷:同唏嘘。

春 来

雪化柳芽新嫩,冰开芳草又茸。

独倚溪桥惆怅,青春一去无踪。

玉楼春

邻家有女淑贞秀,十指功夫①今罕有。偏生仪貌近无盐②,待嫁年年终不售③。　草薰日暖风梳柳,又是春回群艳斗。听人笑语踏青归,罢织欷歔人定④后。

注:①十指功夫:指女红,即针线、纺织一类的活。②无盐:齐宣王的丑妃无盐君,后作为相貌不佳的妇女的代名词。③售:指女子出嫁。④人定:夜深人静之时。

相见欢

相思独上江楼,水悠悠,云外一声孤雁夕阳愁。　红笺泪①,难相寄,至今休。满目芳菲无语坠长洲②。

注:①红笺泪:指沾有泪水的精美书信。②长洲:大江中狭长的岛屿。

忆秦娥

烟漠漠。梦中情事都成昨。都成昨，起来凭槛①，睡衣凉薄。　霜花凋尽春时乐。低眉知悔相思错。相思错，晓风蓦②起，桂香飘落。

注：①槛：栏杆。②蓦：突然，出乎意料。

蝶恋花

墙角孤兰

容色恹恹①肢细细，寂寞兰花，哀泣阴墙底。春雨春阳无眷意，一心只向群桃李。　冠紫披红香溢体，冶②蝶游蜂，日日环嬉戏。嗟罢拭干悲怆泪，孤根偲入深深地。

注：①恹恹：精神不振。②冶：娱乐，玩闹。

闷

四合①风死寂，喑哑②鸟作囚。

恹恹柳罢舞，黯黯鱐浮头③。

肴酸④食无味，地湿步成愁。

此身如注汞，起坐适无由⑤。

注：①四合：四周。②喑哑：形容发不出音或发音低。③此句写因气闷，鳙鱼无精打采，浮出水面喘息。黯黯：情绪低落的样子。④肴酸：指菜肴发酸变味。⑤无由：无从，无法。

清明山行

时峭时幽道险，或红或白花妍。

偶得竹桥小憩，坐听溪水潺湲。

相见欢

瑶筝①哀荡西楼，梦还休。独自凭栏千里一凝眸。　当年事，人不记，几寒秋。又是夕阳江上荻风愁。

注：①瑶筝：指精美珍贵的古筝。

三月廿五对星空

为爱星空好，今宵不忍眠。

心思高万里，眼界越千年。

月起天狼①怒，云生室女②妍。

或存他智类③，注目正兹边④。

注：①天狼：指天狼星。②室女：指室女座。③他智类：

指外星人。④兹边：这边，指地球。

赴合州火车上作①

一别二师诸友已三年，常日思念使我泪涟涟。

苦心盼一会，梦里也曾聚。

只道愿难成，岂意②今次③有机得赴合州去。

人在火车中，此心快似八级风。

坐见湘江之水去悠哉，江畔百花一霎开。

白云时交变，青山为我敞襟怀。

一山复一山，眨眼天地换新颜。

不觉湘心孤帆去已远，却得云门④梵呗⑤隐隐绕耳间。

娄底才初过，新化又现前。

如此不必到黄昏，便可望见苏宝顶⑥上翩跹⑦之天仙。

嘻！贵州一夜穿，山城⑧明晨到。

手欲为之舞，足欲为之蹈。

花生连壳吞，用餐叉颠倒。

错举他人杯，无端尖声哨。

时坐还时起，忽默又忽笑。

旁人一见翻怪眼，纷纷背后相讥诮⑨。

噫⑩！讥诮便讥诮，尔辈庸庸人，焉能知我心中妙。

注：①此诗作于2010年5月重回大学途中。②岂意：岂料，

哪里会料到。③今次：这次。④云门：指湘乡云门寺。⑤梵呗：佛教做法事时念诵经文的声音。⑥苏宝顶：雪峰山主峰。⑦翩跹：形容轻快地舞蹈。⑧山城：重庆的别称。⑨讥诮：冷言冷语地讥讽。⑩噫：叹词。

送别杨欣①

万里赶奔一聚，才欢又作别伤。

回望嘉陵②欲啸，逝涛③累霭④蒙茫⑤。

注：①杨欣：大学同学。②嘉陵：嘉陵江。③逝涛：流逝的波涛。④累霭：重叠弥漫的雾霭。⑤蒙茫：朦胧，迷茫。

重来合州对嘉陵江

细看浪花憔悴，可知日夜断肠。

盼我有如盼子，情亲胜似钱塘①。

注：①钱塘：指钱塘江。

拟送廖义琨、刘鑫、牛立超二首①

其一

远树夕岚②似梦，寒江沙渚如迷。

向晚故人别去，合州烟草凄凄。

其二

群鹭怅栖烟渚,夕阳愁照寒芦。

望望故人不见,遥山隐隐啼乌[3]。

注:①廖义琨、刘鑫、牛立超:大学同学。拟送,意指模拟、假想送别场面。②夕岚:傍晚时候出现的雾气。③啼乌:啼叫着的乌鸦。

登净水寺[1]双塔

双塔齐凌云,离日只半丈。

劲风来八面,吹我心惝恍[2]。

田原眇[3]不辨,嘉陵如走蟒[4]。

遥山一团青,城郭都浑莽[5]。

哀哉彼类小,皆落大地掌。

即如苍鹰高,亦为天所网。

曩昔居家时,常作出尘[6]想。

今登此塔已,三思终豁朗[7]。

悠尔[8]下级去,已感兹游[9]爽。

人生无它途,世道且直往。

注:①净水寺:合川的一座寺庙,寺内建有两座宝塔。②惝恍:模糊不清,这里形容内心怅惘。③眇:微小。④此

句写从塔上望去，嘉陵江就像一条正在游动的蟒蛇。⑤浑茫：模糊，不清晰。⑥出尘：超出尘俗，指隐居、出家。⑦豁朗：开朗，指突然明白、醒悟。⑧悠尔：悠然，满不在乎的样子。⑨兹游：这次游历。兹，这。

菩萨蛮

天河不转巴山静，灯前痴对瓶花影。烟雨笼江南，乌篷①穿巷檐。　　小撑油纸伞，芳靥②羞回盼。晨鸟破遐思③，人间如许悲。

注：①乌篷：乌篷船。②芳靥：指秀美的脸庞。靥：酒窝，引申指整张脸庞。③遐思：遐想。

晚　山

牛背悠悠牧笛，深山袅袅炊烟。
向日晚鸦飞没，临风我已醉然。

赠黄露①

塞外沙原辽阔，边疆风物奇幽。
骐骥②而今骨健，驰腾③万里无忧。

注：①黄露：大学同学。②骐骥：良马。③驰腾：快速奔跑。

花　犯

舅氏后院，每至夏秋，凤仙繁茂。予自记事以来，常于此院浇水看花、捉虫收籽，引以为乐，忘乎花我。己卯冬①，因小姨出嫁，摆宴设炉之故，于此院铺以细石。翌年②，既无凤仙再出。久之，石上封尘，苍苔满布，小庭芜鄙，不堪睹视。今年夏日，做客舅家，徘徊小院，见一粉花绽于墙角，细观之，竟乃凤仙。予衷心感动，为之赋。

粉眉低，芳枝轻曳，玲珑玉初洗。几多羞媚，是静女③窥墙，翡翠偎蒂④。刘郎重步幽苔地⑤，见花疑梦寐。细打量、是旧相识，摩挲⑥欣下涕。　　身沉十年又娉婷⑦，缘何力？自是斯心不死。曦⑧露惜，无丝懈、终偿初志。残灯下、思难入寐，想翌岁、满园春得意。但夜寂、织声稀碎⑨，一枝萤照里。

注：①己卯冬：指1999年冬天。②翌年：第二年。③静女：贞静娴雅的女子。④翡翠偎蒂：形容凤仙花开出来像翠鸟依偎在枝头。⑤此句用了刘禹锡的典故，意为重到舅家后院。刘禹锡在唐顺宗时参与"永贞革新"，后遭贬谪，重返京师时，写了《再游玄都观》诗："百亩庭中半是苔，桃花净尽菜花开。种桃道士归何处，前度刘郎今又来。"⑥摩挲：用手抚摸。⑦娉婷：形容女子姿态优美，这里借以形容凤仙花美丽动人。

⑧曦：阳光。⑨织声稀碎：指蟋蟀叫声断续零碎。织：促织，即蟋蟀。

菩萨蛮

高台雁去霜风起，鸦啼梧落斜晖里。独对酒杯宽，人生只此欢。　　旧思犹未已，夜夜疼心底。醉后菊花残，菰①塘秋月寒。

注：①菰：茭白，长于浅水中。

等　车

通日忙生计，天昏始得归。
眼穿思汉堡①，心倦踱牌徽②。
呼啸风转冷，往来人渐稀。
末班车已逝，街夜漫③灯辉。

注：①汉堡：汉堡包，一种夹牛肉、乳酪等食材的圆面包。②牌徽：指车站牌。③漫：遍布，弥漫。

枯崖集

寄张咏霞①老师

吾师今惬②否？探望恨非曾。
批作忘将老，授知甘竭能。
芳林三月雨，昏夜一明灯。
遥忆谆谆日，天花满阁层。③

注：①张咏霞：高中教师，高一时的班主任。②惬：惬意，开心。③此句意为每当我遥遥想起当初您的谆谆教诲，便感觉满屋子里都是美丽的仙花在飘舞。天花：亦作"天华"，佛教语，指天界仙花。阁层：指阁楼天花板。

对　影

对影孤斟，一饮千卮①。
暂得狼藉②，忘乎所思。
恍惚几劫，跋涉身疲。
足陷荒沼，挣扎堪悲。
肃风③破窗，吹断蛛丝。
帘起帘落，烛淌如泥。
中夜猝醒，涕流缘谁？
默坐抚琴，步月余辉。
枯林幽鸟，翩然独飞。

凄戾④三声，去止无依。

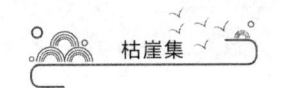

霜凝蟾⑤没，四野雾迷。

垂垂⑥发湿，不见晨曦⑦。

薄袖单衫，寒之入脾。

仰面太息，苦心自知。

注：①卮：古代盛酒器皿。②狼藉：杂乱的样子，这里形容酒后迷糊颠倒的状态。③肃风：指带肃杀气的秋风。④凄戾：凄切，悲凉。⑤蟾：月亮。⑥垂垂：渐渐。⑦晨曦：晨光。

重阳后作

重阳已随雁，空见菊花衰。

暮霭江波老，西风野树危①。

人前心不畅，酒后梦多悲。

何日扬帆去，天涯任所之②？

注：①危：斜，不正。②之：到，往。

护　菊

淅沥来秋雨，飘摇一菊寒。

殷勤为打伞，不忍此花残。

紫 菊

冷落空庭紫菊哀，离思①夜夜寂寥开。
秋心甘作千年等，可惜春风永不来。

注：①离思：指别离之思。

回 首

明月西风庭树，熏香炉火清茶。
回首悠悠往事，心尖一片雪花。

采桑子

胭脂南国春摇曳，梦里心飞。醒后花飞，两样情怀一种悲。　　柳堤千里莺声歇，爱杀①芳菲。难驻芳菲，细雨黄昏独泪垂。

注：①杀：表程度深，也作"煞"。

除夕作①

十方②烟火闹，一室烛花蔫③。
醉对空杯叹，心酸又一年。

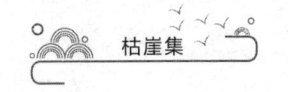

注：①此诗作于2011年2月2日，农历庚辰年除夕。②十方：此处意为四处、到处。③蔫：植物枯萎，也形容精神不振。

春 入

春入莺歌婉转，夜临花色朦胧。

恨是独人独道，辜①它好月好风。

注：①辜：辜负，对不住。

清平乐

径幽月姣①，一阵流星巧。情侣双双携手好，特地桃花开早。　　三更支颔②窗台，虫声迎报春来。今夜心飞何处？乘风直入伊③怀。

注：①姣：姣好，美丽。②颔：下巴。③伊：表第三人称，这里指所恋之人。

拈 花

小坐苔茵上，落花时点衣。

拈花一微笑，流水去依依。

夜步后山①

日昏昏其西下兮,天惨惨②而将暮。

云闷闷垂八荒③兮,山巍巍亦笼雾。

群乌④将归失路兮,或盘桓⑤低空,或呱噪⑥高树。

野狼此起彼伏悲嚎于幽夐⑦百里之空谷兮,

回响震远而神灵惕⑧。

嗔喧⑨兮一时,木纷纷兮归长阒⑩。

予心郁结⑪而来此后山兮,

茕茕独行于冥晦峭拔终岁无人顾踩之隘道⑫。

古樟半摧兮巢鼯狖⑬,巨柏交柯兮缠蔓草。

棘艾兮丛生,戈矛兮互绞。⑭

乱石兮错叠,虎磨牙兮罴⑮探爪。

狡兔兮时窜,夜狐兮驱逐。

鬼火⑯兮明灭,荒茔侧兮枭⑰注目。

睹周遭兮身瑟缩⑱,足弥⑲前兮心弥悲。

怀琬琰⑳兮无人见,佩芳芷㉑兮空自知。

春兰怨兮尘满面,申椒拘兮盘蛛丝。㉒

攀绿萝兮倚修竹,牵橘条兮抚桂枝。

艰难兮立身,望苍苍兮步迟迟。

转见蝙蝠兮出崖穴,纷扰扰㉓兮群争血。

冷月兮槐梢㉔,幽光㉕恍㉖兮如飞雪。

梅蕊兮轻凋，风萧萧兮横四野。

闻哀猿兮啼山巅，拾落梅兮终涕下。

注：①后山：指家乡村落后面的一方大山。②惨惨：昏暗的样子。③此句意指阴云闷沉沉地笼罩了四野。垂：覆盖，笼罩。八荒：八方荒远的地方。④群乌：成群的乌鸦。乌，指乌鸦。⑤盘桓：逗留，徘徊。⑥呱噪：形容虫、鸟等叫声烦躁。⑦幽夐：幽深，深邃。⑧惕：惊动，忧惧。⑨嗔喧：声音大、嘈杂。⑩阒：寂静，空寂。⑪郁结：积聚不得发泄。⑫此句意为独自在这幽暗高陡、常年都没有人来的狭窄山道上行走。茕茕：孤独无依的样子。冥晦：昏暗。峭拔：高而陡。隘道：狭窄的道路。⑬鼯狖：鼯鼠和黑色长尾猴。⑭这句意指荆棘和艾草到处乱生长，就像许多戈和矛缠绞在了一起。戈矛：均为古代兵器。绞：缠绕。⑮黑：棕熊。⑯鬼火：即磷火。⑰枭：猫头鹰。⑱瑟缩：发抖。⑲弥：更加，越来越。⑳琬琰：泛指美玉。㉑芳芷：泛指香草。芷：白芷。㉒此句意指申椒身上有蛛丝缠绕着，感觉被拘束住了一样。申椒：大椒。拘：拘束。㉓纷扰扰：即纷纷扰扰，混乱的样子。㉔槐梢：指槐树树梢。㉕幽光：隐潜的光辉。㉖恍：恍惚，模糊不清的样子。

菩萨蛮

条风①碧送天涯草，游人陌②上花开好。何处曼陀铃③，勾予无限情？　扶行风雪夜，躲雨茅檐下。春恨与秋思，回看泪满衣。

注：①条风：春风。②陌：田间道路，引申指道路。③曼陀铃：一种弹拨乐器。

步花木田

花片随波漂远，凫雏①偎草眠酣。

日暮佳人何处？望空愁倚石楠②。

注：①凫雏：小野鸭。②石楠：红叶石楠，一种经济树木。

春日有怀祥子，兼寄小杰①

久矣不相见，春梅几度花。

蜗居虽一角，所思在天涯。

黄浦②烟花乱，外滩车马哗。

每忧吟晚日，晚日又西斜。

注：①题意为春日里思念祥子，同时也寄给小杰。祥子

指韩文祥,高中同学。小杰指高小杰,小学同学。当时,两位同窗好友都在上海发展。②黄浦:指黄浦区,有黄浦江流经。

幽　花①

　　幽花发窗前,茎叶何②鲜鲜③。
　　默然吐清芬,微眇点大千。④
　　吾身亦怀秀,久欲施人间。
　　人间多舛错⑤,颠倒媸⑥与妍。
　　尔恶交相颂,尔贤翻弃捐。
　　任道⑦既长往,穷蹇⑧复何言。

注:①幽花:指幽静、不事张扬的小花。②何:多么。③鲜鲜:指鲜嫩。④这句写幽花默默开放,散发香气,用这种方式,不起眼地点缀整个世界。清芬:清香。微眇:细小。点:点缀。大千:大千世界,指整个世界。⑤舛错:错乱,差错。⑥媸:丑,与"妍"相对。⑦任道:担负重任。道:指道义。⑧穷蹇:穷困艰难。蹇:困苦,不顺利。

天净沙

　　无聊独坐芳茵①,点溪落蕊纷纷。回看西山日陨。举杯长恨,人生几个黄昏。

注:①芳茵:指茂美的草地。

人　生

人生本不平，蹇坷①一笑之。

事去云烟散，回看俱为非。

量力行吾道，虽穷亦得怡。

一世复何求，但有酒盈卮。

躬耕半亩地，不问时事移。

陶②采东篱菊，千载乃相知。

注：①蹇坷：命运坎坷，不顺利。②陶：指陶渊明。

张家池

脉脉①池栏小坐，爱它鱼唼②明霞。

夹馥清风脱至③，婆娑④四面樱花。

注：①脉脉：含情相望的样子。②唼：水鸟或鱼吃食。③此句写裹挟着香气的一阵清风突然轻快地吹来。馥：香，香气。脱至：脱然至，脱然即清风至貌，陶渊明《饮酒·幽兰生前庭》有"清风脱然至"之句。④婆娑：形容盘旋舞动的样子。

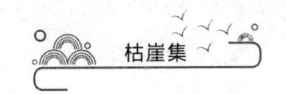

调笑令

啼鴂，啼鴂，又报芳菲都歇。人生如梦如尘，望水望山恨春。春恨，春恨，肠碎已无一寸。

注：①啼鴂：即杜鹃鸟，也作"鹈鴂"。

鹧鸪天

独自携壶上翠微①，夕阳江畔百花飞。细看云影真如梦，回数前尘更叹非。　　春又去，鹧鸪啼，人间无事不堪悲。且教酩酊②真成醉，一入华胥③永不归。

注：①翠微：指山腰青翠幽深处，泛指青山。②酩酊：形容大醉。③华胥：寓言中的理想国，《列子·黄帝》中有"（黄帝）昼寝，而梦游于华胥氏之国"。后将其作为梦境的代称。

夏　夜

投抱湖风清软，点衣萤火温馨。
半醉石榴树下，席花①痴数天星。

注：①席花：指以花为席而坐。

步运河[1]

落日烟波浩渺[2],秋风林木凄清。

勾起愁情无限,隔江一缕箫声。

注:①运河:指萧绍运河。②浩渺:广阔无边的样子。

蒲公英

怅怅荒秋独立,羡它暮鸟集归。

最苦蒲花无柢[1],因风四野飘飞。

注:①柢:根。

步秋湾有感

雁唳[1]平山远,风吹小野湾。

心悲斜月下,人老菊花前。

露草无生气,霜枫有醉颜。

他年梦已碎,无泪可为潸。

注:①唳:鹤、雁等鸣叫。

园　田

爱此园田秀，青苗暖日风。

双鸳点碧沼①，一鹭破苍穹。

注：①此句意指一对鸳鸯鸟在碧池中游动。鸳：鸳鸯鸟。点：点缀。

经小学母校

细雨春风此院，曾经乐事无边。

惆怅书声不再，绿波依旧当年。

暮春书怀

憔悴西园下，无聊自咏诗。

群芳飘谢日，杜宇①哭啼时。

见弃徒经策②，存谋③赖友师。

人生悲已极，溅血④向花枝。

注：①杜宇：即杜鹃鸟。②此句意为自己被当世抛弃，只剩下经书卷册还在意着。徒：只，仅仅。③存谋：指谋生，生计。④溅血：洒泪的凄痛说法。

步 上

步上最高阶，人间骋望乖。①
江流唯哽咽②，天地布灰霾。
有志身卑困，无薪③日苦挨。
此生真郁郁④，何处得开怀？

注：①此句写想尽量远望，好好看这个世间而不可得。骋望：极目远望。乖：违背，不一致。②哽咽：哭时不能痛快出声，这里比喻波涛声。③薪：薪水，工资。④郁郁：心里苦闷。

莫 道

莫道吾沉寂①，卑微困窄门②。
心胸宽远处，自有一乾坤。

注：①沉寂：消息全无，这里指消沉。②窄门：狭窄的门，用了基督典故。《圣经·新约马太福音》中说"你们要进窄门。因为引到灭亡，那门是宽的，路是大的，进去的人也多；引到永生，那门是窄的，路是小的，找着的人也少"。

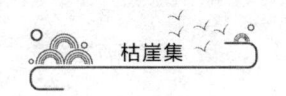

苗田漫步

红白花香缭绕,的清①流水叮咚。

最喜湖西漫步,晚来一阵清风。

注:①的清:指很清澈。的:鲜明。

寄高烈

孤灯人影两清清,相对无非电脑屏。

一日唯存梦中好,飞身携尔赶流星。

步夜池

月影清风细柳,蛙声软草流萤。

谁见幽人①独步,碧天几点疏星。

注:①幽人:隐士,此处为自指。

午池

烈日高蝉时噪,无风柳影细移。

翡翠衔鱼倏去,一池阵阵涟漪。

清平乐

铜街湿漉①,阴黑如刑狱。来去行人何急速,看看都无鼻目。　　独怜一草青柔,当风无限哀愁。明日娇躯踏烂,更谁装点荒幽②?

注:①湿漉:湿漉漉,形容物体潮湿的样子。②荒幽:指幽冷荒凉之地。

盼醉

人生多不惬①,举酒消百恼。
恼既不可消,酒还厌②其少。
何时得烂醉,倒身卧芳草。
心空风物③净,仰望白云好。

注:①惬:惬意,称心。②厌:讨厌,厌恶,引申指嫌。③风物:指风光景物。

岁暮书怀

野外落红枫,悲鸣三两鸿。
佳人春梦外,晓色泪光中。
倏忽年将晚,蹉跎命只穷。

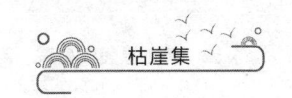

无朋可为助,叹息望苍穹。

残 荷

穷途无所望,入目只残荷。
已断非非想[1],应归各各他[2]。
天星恒闪耀,城市自欢歌。
一阵疏风下,陂塘[3]败叶多。

注:[1]非非想:不切实际之想法。[2]各各他:别名髑髅地,耶稣被钉十字架于此处。[3]陂塘:池塘。

赴远车中作[1]

节后因追梦,提箱赴远端[2]。
今朝动车急,昨夜博卢[3]欢。
物景更[4]还快,萧然[5]望已难。
前途全未卜[6],怅对日灯[7]寒。

注:[1]此诗作于2014年农历正月十八。[2]远端:即远方。[3]博卢:指赌博游戏。[4]更:更换,改变。[5]萧然:指家乡萧山,有萧然山。[6]卜:预料。[7]日灯:指火车中的日光灯。

至 京①

辗转辞乡井，孤身到帝都。

朔风②犹凛冽，草木未醒苏。

并驾豪车急，冲天大厦殊③。

夜来灯火烂④，南北失行途。

注：①此篇作于初到北京时。②朔风：北风。③殊：特出，出众。④烂：明亮，辉煌。

租 房

租房史各庄①，室小意差强②。

坐案③能容膝，推窗可见光。

静观书卷厚，闲听乐声长。

偶兴④一壶酒，遐思⑤到远方。

注：①史各庄：位于北京市昌平区。②差强：大体上令人满意，成语有"差强人意"。③案：休息用的窄而低的床。④偶兴：偶发兴致。⑤遐思：遐想，悠远的思索或想象。

行沙河①岸

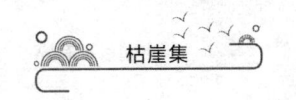

行岸步迟迟②,孤身无所之③。

霾深花悒悒④,江浊鹭痴痴⑤。

未老心先倦,无成梦亦悲。

苍茫云日远,畅达待何时?

注:①沙河:流经北京市昌平区的一条河流。②迟迟:缓慢的样子。③之:到,往。④此句写浓厚的灰霾下,花朵也显得无精打采的。悒悒:愁闷的样子。⑤痴痴:指样子呆笨。

菩萨蛮

万千心事和谁语?花飞梦里啼莺去。江水逝悠悠,彩云行不留。　觉来情更苦,空对银灯炷①。窗外雨霏微②,芭蕉叶自垂。

注:①银灯炷:油灯灯心。②霏微:雾气、细雨等弥漫的样子。

沙河晚坐

雨后清江岸,明霞已散辉。

无云天广大,有月夜精微①。

高木林莺宿,草间萤火飞。

芳馨来阵阵,坐爽不知归。

注:①精微:精深微妙。

思江南

夏至行将①至,天空犹未蓝。

身还漂地北,心总恋江南。

早稻花应谢,杨梅汁亦甘。

何能安羽翼,飞去一相探②?

注:①行将:即将,将要。②探:探望,看望。

冥 想

无月亦无风,冥想菩提①下。

晶莹一滴水,直向银河泻。

注:①菩提:指菩提树。

趺 坐①

趺坐对优昙②,静夜两相赏。

不知何处风,远递钟声响。

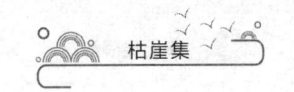

注：①跌坐：即跏趺坐，是佛教徒的一种坐法。②优昙：优昙花，别名山玉兰，传说此花生长在喜马拉雅山，三千年一开花，开花后很快就凋谢，因此有成语"昙花一现"。

漂京感怀

孤身漂京北，与亲长为别。
此心有苦处，更向谁人说。
蜗居在陋室，食宿一何劣。
仰不见天日，俯空对尘屑。
身微人不信，到处遭拒绝。
壮志无由逞①，才华徒虚设。
有生浑无乐，自觉已耄耋。
欲争难使力，一气长为憋。
其真命所缚，挣扎不得脱。
但欲放声吼，直至心肝裂。

注：①逞：呈现意愿，达到目的。

小　花

小花不知名，独在水一湄①。
素雅吾深爱，以手轻抚之。
来生或为汝，相怜又有谁？

注：①湄：岸边，水与草交接的地方。

月　季

背日墙隅总太阴①，更无好鸟下鸣音。

可怜一夕风兼雨，谁见支离破碎心？

注：①此句意为月季花长于墙角，见不到太阳，总感觉太阴暗了。背日：指背阴，太阳照不到。墙隅：墙角。

山　路

天日正炎炎①，孤峰绝险峻。

吾负十字架，艰难独行进。

峭石随处阻，荆棘利似刃。

体羸②足亦破，一步一血印。

下看同辈徒，驱车行坦途。

左酒右佳丽，喧笑何③欢愉。

注：①炎炎：炎热，极热。②羸：瘦弱，引申指疲倦。③何：多么。

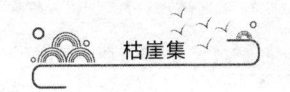

秋 江

孤屿①香蒲白鹭,远山寒水彤霞。

蓦地②西风愁起,萧梢③一带蒹葭。

注:①屿:小岛。②蓦地:突然地。③萧梢:凋落衰败的样子,亦作摇动的样子解。

夜步沙河

不寐①步兰皋②,波空雁影遥。

山川摇落③处,风月自清高。

注:①寐:睡。②兰皋:长有兰草的泽边地。③摇落:凋谢,衰落。

因烈有作二首

其一

寒月今云①至,随风梦逝春②。

芳心浑碎尽,天日永湮沦③。

真宰④意何在,吾生长苦辛。

茫茫无所住,飘荡向荒垠⑤。

注：①云：助词，无实意。②逝春：意指春天逝去。③湮沦：消失，灭亡。④真宰：万物的主宰。⑤垠：边际。

其二

垂首嗟还叹，逡巡①月起迟。

芳花凋尽绝，夜狖②哭犹痴。

随水佳人去，如烟昔梦违。

百年亦一瞬，不必抱长悲。

注：①逡巡：迟疑徘徊的样子。②狖：古书上说的一种黑色长尾猴。

雨江醉怀

溺①饮江头醒还醉，独痴独望独悲吟。

怒涛侵岸香花没②，晦③雾迷天白雁沉。

万劫再求终不复，廿年深爱得伤心。

今生今世念已绝，一任寒冬寒雨淋。

注：①溺：沉迷，表程度深。②没：淹没。③晦：昏暗不明。

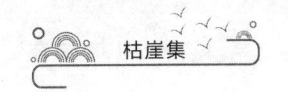

减字木兰花

氿泉清冽,忻载石兰流素月。①桧柏②森森,赤豹文狸③出入深。　山中幽鬼,一枕仙芝④浑不寐。手把芳馨,玄思玄猜到旭升⑤。

注:①意为清澈寒冷的泉水倒映着月亮,载着石兰花瓣,欢快地朝前流着。氿:泉水从旁流出,《诗经·小雅·大东》中说"有洌氿泉,无浸获薪"。洌:寒冷。忻:喜悦,高兴。石兰:一种香草。素月:皎洁的月亮。②桧柏:圆柏,一种高大的乔木。③文狸:有花纹的的狸猫。文,花纹。《山鬼》中有"乘赤豹兮从文狸"。④仙芝:灵芝。⑤此句意为胡思乱想到天明。

平湖伤怀

独伫①沙堤久,清风月荡波。
香飘遥入岫②,心病已成魔。
前世还遗憾,今生又错过。
一宵身遽③老,滴泪向枯荷。

注:①伫:久立。②岫:山峦。③遽:迅速。

心 变

灵心①一抛却,化作万枝花。
复变流星雨,击穿天上霞。

注:①灵心:指灵妙之心。

我 心

我心不属我,悠悠萍上坐。
鸥来不相惊,乘流穿石过。

觅 春

歧路即分我,终成千万身。
身身塞寰宇,不见心中春。
外既不可觅,内又何处寻。
忍看檐上雨,凄寒滴碎心。

越江①悲情

双垂痛泪越江中,廿载相思一夕空。
恋恋②看它彤日下,萧萧独对荻花③风。

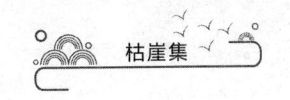

注：①越江：指浦阳江。②恋恋：留恋不舍。③荻花：即芦花。

三五七言二首（其一）

春草碧，春心痴。

春波漾春日，春风抚春枝。

双宿双飞鸳鸯好，独行独醉吾身悲。

因烈怅怀

不眠仍坐起，窗外北风寒。

黄叶应凋尽，深杯且自干。

一朝成恨矣，千载释怀难。

犹执①旧相片，灯前噙泪②看。

注：①执：握，拿。②噙泪：含泪。

高　呼

呼尔最高峰，音传寰宇中。

声嘶不见应，跪哭向苍穹。

天 荒[①]

枯海秃山绝径，软钟[②]疲马瘪囊[③]。

半丈曲光斜落，断肠人立天荒。

注：①指时间久远，更有宇宙乏力，世界到尽头的内涵。②软钟：疲软的钟，此意象出于超现实主义画家达利绘画中的图像。③瘪囊：干瘪的袋子。

如梦令

淅淅[①]梧桐憔悴，满地木樨[②]花碎。中夜[③]起徘徊，霜落月华如水。吞泪，吞泪，强说人间有味。

注：①淅淅：象声词，形容风声。②木樨：桂花。③中夜：半夜。

腊月周末

何处人间至乐[①]？阳台唱片《意林》[②]。

恨是碧螺未尽[③]，彤彤冬日已沉。

注：①至乐：极乐，最大的快乐。②《意林》：指《意林》杂志。③遗憾的是碧螺春茶还没有喝完。恨：遗憾。碧螺：指碧螺春茶。

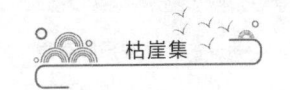

玉楼春

高天云起星河①坠,羞涩嫦娥②明又晦。江心隐隐美人姿,锦鲤出时还搅碎。　　霜花③欲共心枯萎,把酒祝天期④一醉。如烟往事散无边,逐愿迟时空怅悔⑤。

注:①星河:银河。②嫦娥:指月亮。③霜花:经霜后的花。④期:期望,期待。⑤怅悔:怅恨懊悔。

长相思

山已枯,海也枯,枯尽河山总不如——寸心和月孤①。　　情已输,泪也输②,输尽人生问有无——幽幽天路迂③。

注:①指内心像月亮一样孤独。②输:即流出之意。③此句意为天路深远曲折,难以问到。幽幽:深远的样子。天路:指通往天,得与天神交流的路径。迂:此处兼有曲折、远两种意思。

采桑子

十年花色关门外,不是无情。正是深情,约束春心反失卿①。　　三更泪向空枝洒,已误今生。若有来生,风雨相携万里行。

注：①卿：你，古为夫妻、朋友间的爱称。

采桑子

雨中独向天涯望，心已千疮，泪也彷徨①，不见当年旧渡航②。　荷衣褪③尽荷香没④，破碎鸳鸯，冷落秋江，逝去芙蓉梦里香。

注：①彷徨：徘徊，这里指泪水欲流不流的样子。②渡航：渡船。③褪：脱去。④没：消失。

经小学有叹

古树操场依旧，人间多少暄凉①。
回瞥②惊鸿③已远，天涯暮色茫茫。

注：①暄凉：寒暑更易，指年月。②回瞥：回看。瞥：目光一掠。③惊鸿：惊飞的鸿雁，借指体态轻盈的女子。

玫　瑰

月下玫瑰一朵，临池娴静吐芳。
夜夜苦思宁叫，刺尖扎破心房。

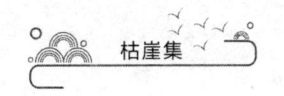

采桑子

山中道士知何在？桧柏苍苍，云海茫茫，唯见飞来白鹤双。　盘旋欲向松枝歇，讶近人行①，转又高翔，天淡风轻流水长。

注：①意为因接近人群而受惊。

好事近

桂送满庭香，月照山村晶秀①。遐想人间天上，盼天长人久。　当初偷食一仙丹，人事岂看透？玉兔清辉长袖，问寒宫谁瘦？

注：①晶秀：晶莹秀美。

自　振

失却心仪莫说空，男儿高志出苍穹。
信他人世真情在，明日桃花为我红。

灵影集

海 滩

潮起又潮落，晚风吹椰树。

洋面满夕照，悠悠孤帆度。

心逐海鸥远，直没天尽处。

海边伫思

沙滩吾伫思，悠悠太初时。

物何刹那生，灵①又哪边驰？

海天真空阔，涛声无穷已。

杳杳②数鸥去，消逝晚霞里。

注：①灵：指精神、灵魂。②杳杳：幽远的样子。

我 痴

百卉①还应笑我痴，江头日日苦寻思。

尘烟往事空相忆，泪水他年只自知。

曾不留心春日尽，可堪回首夕阳迟。

平生一种参禅意，无限芳花无限悲。

注：①百卉：指百花。

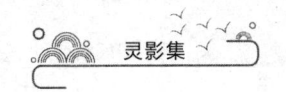

菩萨蛮

人生苦恨谁能免?东风吹落桃花遍。何处觅神灯①?随心事尽成。　行行②天国杳,夕照吾身小。不得卡巴③飞,沙河④星月微。

注:①神灯:指阿拉丁神灯,传说它能让人梦想成真。②行行:不停地前行。③卡巴:指灵魂。古埃及文明中,认为人的灵魂有卡和巴两种形式,其中巴的形态为鸟。④沙河:指北京市昌平区沙河镇,写此词时正住在此地。

菩萨蛮①

春山蓊郁春波漾,东西南北魂飘荡。敛袄②不沾泥,佩荪③幽魅④离。　醒来天已改,芥子香犹在。无语捻⑤空枝,黄莺相对痴。

注:①此词暗用了六条御息所的典故,据《源氏物语》,六条御息所因爱光源氏而嫉恨其他妃子,以致生灵出窍而杀人,醒来后自己还不觉,只闻到自己满头青丝弥漫着诡异的芥子香。②袄:衣后襟。③荪:古书中的一种香草。④幽魅:指魂魄。⑤捻:用手指搓。

问　家

迎曦①轻拈取，一瓣素馨花。
噙泪细打量，何处是汝家？
悬崖忽撒手，随风落天涯。

注：①曦：指早晨的阳光。

黄　菊

不必向骄阳，心中自有光。
众芳摇落后，独自益①清香。

注：①益：更加。

来　友

行路多蹉跌①，心花久不开。
今朝来好友，明旦骋②良材。
喜雨直润顶，好风欣上台。
牛羊且烹宰，一饮尽千杯。

注：①蹉跌：失足跌倒，比喻受挫、不得意。②骋：尽量施展、发挥。

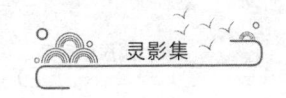

调笑令

萤火,萤火,初照荼蘼花破。流星坠向青林①,对远痴画爱心。心爱,心爱,已是莺声不再。

注:①青林:苍翠的树林。

侨星夜思

结跌①松月下,天地入幽思。

不觉心非物,翻疑我是谁。

注:①结跌:结跏趺坐,佛教中最常见的一种坐法。

盲

改学生习作

无日月,无星光,

留予一人兮荡荡幽荒①。

说悲伤,自悲伤;

说何妨,又何妨。

心犹在,路犹长;

鸟仍语,花仍香。

注：①幽荒：荒原之地。

附：

盲

谭洁

无日月，无星光，

留我一人在此方。

日悲伤，又何妨。

路漫长，烟云散，

鸟语花香仍在。

除草即兴

簧门①到处布条风，万树千花嘈杂中。

身共学童除草乐，心回年少透春红。

注：①簧门：古代学校的门，借指学校。

侨星二首

其一

青青松竹绕，熠熠①日光环。

每拾②如朝圣，心空天地间。

注：①熠熠：闪亮的样子。②拾：轻步登上。

其二

箐门峰顶上，琅琅读书声。

亘古道不变，春阳无限情。

中夜有感

人生不曾爱，岁月余几多？

念想无与乐，中夜自悲歌。

林静花成眠，天高月舒波②。

杳杳惊鸿没，哀哀荡山河。

注：①月舒波：指月光如水波流布。

侨星夜睹茶花

侨星山头夜寂静，侨星后园风初定。

天边明月出皎洁，洁光长向山头映。

山头一株红茶花，花开朵朵满枝桠。

婀娜①妍美堪绝色，靓如珊瑚明如霞。

牡丹国色夸可止，海棠如睹定羞死。

丹顶群鹤严伫立，红妆捧心回西子。

惜乎风采谁人赏,孤芳默默空自想。

明日春光即老却,落红满地更何惘②。

注:①婀娜:轻盈柔美。②惘:怅然失意的样子。

书　怀

落地①万难得,人生当奋求。

鸡鸣思晋逖②,囊涩想唐周。③

纵乏武侯智,亦为文正忧。④

要将一抔⑤土,尽塞九河流。

注:①落地:婴儿出生。②此句用晋时祖逖闻鸡起舞之典。③此句用唐时马周的典故。马周年轻时贫穷,后为唐太宗所器重,任朝廷要职。④此句意为纵使没有诸葛亮的智慧,也要有范仲淹那份忧国忧民的情怀。武侯:指诸葛亮。文正:范仲淹的谥号。⑤抔:量词,双手一掬为一抔。

清平乐

夜

光天无月,一滴相思血。滴入花心心皎洁,四极冰山开裂。　行行①天路行行,雅歌②浮起精灵③。上宰恩深无语,高空灯塔荧荧④。

注：①行行：不停地前行。②雅歌：《圣经·旧约》中的一卷书，亦可理解为风雅的歌吟。③精灵：精怪。④荧荧：光闪烁的样子。

旅　夜

孤馆涩风泥雨，一灯心事朦胧。

菡萏①香开极北，玉龙②锋软匣中。

注：①菡萏：即荷花。②玉龙：代指宝剑。

岁暮送别家絮①

连日凄迷雨，江南岁暮寒。

今朝挥别泪，他夕②启陈坛③。

人世知交少，鸿猷④独创难。

徒存微信里，两地偶言欢。

注：①家絮：指好友张家絮，曾为同事，亦曾合作创业。②他夕：他日，指以往、昔日。③陈坛：指陈坛老酒。④鸿猷：鸿业，大业。

苍梧谣

组词十七首并序

近读日本俳句，以为灵光散射，轻盈可爱，深喜之。其体制，初读颇似王孟五绝，后思之，实更近长短句中"苍梧谣"一体。"苍梧谣"即"十六字令"，字数虽少，但一三五七言俱备，灵动多变，实较俳句为优。遂于己亥除夕，默坐遥想，乃得一十七篇。

其一①

蛙，落井波咚②一水花。萤三点，风定憩幽葩。

注：①此词化用日本松尾芭蕉的俳句《古池》。②波咚：拟声词，即入水扑通声。

其二

星，天上人间亘古①明。今多雨，相见特温情。

注：①亘古：自古，终古。

其三

光，可是天神送吉祥。花开蕊，一束注心房。

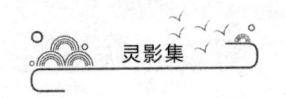

其四

星,更有缠花数点萤。凉棚下,夜静数蛙声。

其五

猫,酥枕熏香昼梦遥。斜光入,懒起叫喵喵。

其六

葱,亦有幽香渗晚风。蚁群入,乔木自苍穹。

其七

芦,远接斜阳雁影孤。凉风起,渔唱动江湖。

其八

亭,一唤行人且少停。炎炎日,沁[①]骨有芳馨。

注:①沁:渗入。

其九

蛛,罗网心中态自舒。嗡鸣起,八足向前趋。

其十

人，入地登天最是神。中微子①，识见又更新。

注：①中微子：组成自然界的最基本的粒子之一。

其十一

灯，古寺寒蛩①恋恋情。青烟底，绝唱两三声。

注：①寒蛩：指深秋的蟋蟀。

其十二

船，一浪高于一浪欢。天涯近，明日海之巅。

其十三

香，一炷心头点有光。灵音起，上界百神忙。

其十四

莲，褪尽红衣老尽颜。空怀想，风日好清炎。

其十五

箫，何处声来破梦遥。幽人泣，冷雨滴芭蕉。

其十六

棋，一局今生败已知。重回首，窗外雨凄迷。

其十七

沙，一粒心中也盼家。恒河里，跌撞滚翻爬。

苍梧谣

戊辰日①续七首

其一

坟，上有幽花着泪痕。磷光②闪，野貘一钻身。

注：①戊辰日：指2020年1月26日。②磷光：指磷火。

其二

杯，满酌千年不醉归。咣当碎，一失永成悲。

其三

刀，杀敌三千恨未消。酋①何在？豪气干云霄。

注：①酋：指敌方首领。

其四

魂,何处飞来住此身?天知道,百卉①散清芬。

注:①百卉:指百花。

其五

霞,散尽余光没尽鸦。秋风起,一浪颤芦花。

其六

蛇,守得荒坟月影斜。风吹梦,摇曳素馨花。

其七

尸,斜躺荒岗有所思。歌如蜜,天国更谁知?

求 爱

世界来求爱,人心懵懂中。

星从天上亮,花向院前红。

莺唱甜如蜜,鲸喷美胜虹。

精神全注汝,犹是叹愁穷。

捏橡皮泥

五彩橡皮泥，兴来欲捏人。

先做三角颅，安在矩形身。

碧眼点三点，撕缝做嘴唇。

耳鼻无须顾，手足稍拉伸。

大作此告成，一丢且养神。

忽闻泥人语："主何不认真？

使我笨拙怪，丑陋长悲辛。"

小　丑

帽歪鼻白言谐怪①，频惹台前笑哈狂。

心底凄凉谁得会？剧完独自望苍苍。

注：①谐怪：诙谐怪异。

浣溪沙

屋后堂前遍种花，薄田几亩更桑麻。夏来熟有几般瓜。　小院怀中听旧曲，斜阳影里数归鸦。人生淡极一杯茶。

苍梧谣

甲戌日①再续九首

其一

钟,一荡霜林夕照浓。人何在?鸦噪墓园中。

注:①甲戌日:指2020年2月1日。

其二

蜗,无足无能且慢爬。家恒在,何必问天涯。

其三

狼,千百齐噑①月下狂。风声急,猛虎入荒冈。

其四

狼,尸遍荒冈血染霜。哀嚎迫,独虎败离场。

其五

羊,独把苍生罪替扛。今宵乐,全只烤来香。

其六

魔^①,人世风波较海多。今安在,欲浸^②死亡歌。

注:①魔:此处特指希腊神话中的海上女妖,她们能用歌声迷惑航海者,致其死亡。②浸:沉浸。

其七

乌^①,啼遍山林又遍湖。人无意,管自赏游鱼。

注:①乌:指乌鸦。

其八

门,天上凡间早没人。谁敲起?地狱古幽魂。

其九

茶,一口肝肠即发芽。三杯下,心地遍开花。

采桑子

霜风一到高楼望,总揽江湖。总揽江湖,早岁心胸雄万夫。　　握刀昂首冲前战,莫管赢输。莫管赢输,战罢临风酒一壶。

菩萨蛮

晚来独向高台眺，霞收烟散鸦时噪。山色郁苍苍，北风吹大江。　　频频鏖战梦，心事从来重。一雁去悠悠，人生几个秋。

清平乐

圣杯①何处？一问精灵②阻。险后忽逢知识树③，摘取一枚填肚。　　顿生火眼金睛，狼人④公主看清。皆是女巫魔法，圣杯原住心灵。

注：①圣杯：宗教传说中的圣物，据说有某种神奇的能力。②精灵：精怪。③知识树：《圣经》中伊甸园里的一棵树，传说吃了该树上的果实，就有了智慧，能知善恶。④狼人：西方民间传说中的一种兽人。

菩萨蛮

青山一脉①金光里，高空梵呗悠悠起。趺坐小溪头，莲花一朵秋。　　心尖浮大海，世界宁存在？空谷荡回音，松风何处寻？

注：①一脉：一带，脉指似血管连通而自成体系的东西。

如梦令

晚起犹含残醉,忽见花瓶分碎①。廊下犬无声,鹦鹉只言都是。谁罪?谁罪?门外乱红铺地。

注:①分碎:指破碎。

有 悲

吾悲世间人,灵魂遭诱拐。
深困刑狱中,未知何时解。
或为金银捶,或为名利踩。
挣扎复沉沦,苦痛向千载。
何若林风下,无欲自潇洒。
飘然云中鹤,归去漫①霞彩。

注:①漫:到处都是,遍。

半 马

对镜大骇诧①,竟成半边人。
一眼而半鼻,另半却湮沦②。
忽忽③化为马,亦只存半身。
深陷泥淖中,挣扎苦无伦。

单边长一翅，欲飞何能伸。

恍恍疑是幻，泪流却甚真。

何时能还原，重见天地春？

注：①骇诧：惊异。②湮没：埋没，消失。③忽忽：指时间快的样子。

神　性

世人微笑中，有神之容颜。

草头一滴露，亦在神心间。

大道诚如是，吾身神性连。

物物皆关怀，他人更需怜。

于己亦相爱，挫跌毋弃捐①。

努力竞晨昏，回向②以报天。

注：①此句意指受了挫折，也不要轻易放弃。②回向：佛教语，指将功德与法界众生同享。

窗外集

水韵王村

吾家小村落,水韵颇悠长。

接外有运河,缀内有池塘。

池塘春苏柳,蛙噪荷花香。

霜清飘梧叶,冬令换雪装。

民浣池埠头,鱼戏水中央。

好鸟频光顾,吾亦恋吾乡。

愿此及终老,坐看云影光。

更忆孩童时,泳闹乐洋洋。

忆合川三佛寺①二首

其一

古寺人间没②,佛身墙角斜。

蛛丝疑白发,凋漆混黄花。

注:①三佛寺:位于重庆市合川城北。②没:隐没,消失。

其二

古寺云峰上,高僧定境①中。

悠悠人事幻,渺渺大千空。

注：①定境：佛教中指入于禅定的境界。

秋夜有感

秋花开处没人怜，秋雨伤心又一年。

灯下寒蛩鸣不彻，沉沉声到五更天。

七月十一日书怀

守藏①权②当龙勿用③，教书只为稻粱谋④。

蚍蜉⑤哪识鲲鹏志，一夕飞腾凌⑥九州。

注：①守藏：指图书管理。《史记》载老子曾担任过"守藏室之史"。②权：权且，姑且。③龙勿用：《易经》乾卦有"潜龙无用"，意指力量尚小时，应小心谨慎，不宜贸然出动。④稻粱谋：本指禽鸟寻觅食物，多用以比喻人谋求衣食。⑤蚍蜉：一种大蚂蚁。⑥凌：升上。

咏侨星中学①

三十年来雨雪霜，峰巅屹立②自昂扬。

松篁③绕舍实多秀，桃李满园无尽香。

已绽书声妆本道④，更输才杰焕⑤他方。

要须力共诸君并，百尺竿争一寸光。

注：①此诗作于2020年9月，侨星中学创办于1993年，运行已有近三十年的历史。②侨星中学校舍建于山顶上。③篁：竹林，泛指竹子。④道：指街道，这里特指学校所在的蜀山街道。⑤焕：照耀，焕发光彩。

萧山九咏①

其一　柳梢青

我立萧然②，江山展望，旭日东升。大海波涛，弄潮旗手，擂鼓声声。　　潟③沙今日成城。想曩昔，围涂奋争。满地彤光，冲天飞去，一架雄鹰④。

注：①此组词于2020年秋应中国共产党建党99周年萧山区网络征文比赛而作。组词联章九首，共用九个词牌，皆系小令。以时间为纵轴，以空间为横轴，用定点观景法，充分展示了萧山地理、经济、文化等方面的特色与成就。②萧然：此处特指萧然山，为整组词观景的一个定点。本词视线先投东方，写海上弄潮健儿与萧山东片之围垦地区。③潟：盐碱地。④雄鹰：指萧山区域形似雄鹰，兼显萧山飞举向上之精神。

其二　少年游

航坞山②下，朝气盈树，健步带春风。航民③领首，百强千企，光耀亚之东④。　　家家别墅，村村宝马，父老乐融融。料想伯年⑤今如在，不画鸟、画新农。

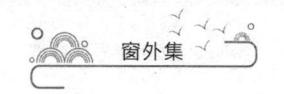

注：①此阕视线近挪，落点于瓜沥镇。②航坞山：主体在瓜沥镇的一座山。③航民：指航民集团。④亚之东：亚洲东部，即指东亚地区。⑤伯年：指任颐，字伯年，瓜沥人，近代著名画家。

其三　忆秦娥①

朝暾②起，光环农运先声地③。先声地，红旗飘展，党员新誓。　　百年一部图强史，中间多少英雄事。英雄事，百年回首，百年激励。

注：①此阕视线再近移，写到衙前。衙前为革命圣地，有农民运动纪念馆。②朝暾：初升的太阳。③农运先声地：即指衙前农民运动纪念馆。

其四　菩萨蛮①

钱江奥体光无匹②，佳楼妙筑堪奇迹。是处百花开，还迎亚运来。　　昨犹渔埠小，今炫天堂貌。盛世立潮头，潮流领五洲。

注：①此阕转而北望，视线投向钱江世纪城，该处发展迅速，建有奥体中心。②光无匹：指光芒耀眼，无可匹敌。

其五 浪淘沙①

大道北南东,地铁连通。摩天巨阙数无穷。商厦繁华谁更比,赫日当空。　　万里感晴风,建树重重。能人廉吏继行踪。烈士陵园②瞻望处,国在心中。

注:①此阕视线近挪,关注到城区。②烈士陵园:指萧山革命烈士陵园,在萧山城区北干山南坡。

其六 人月圆①

萧南特具田园美,瓜果漫飘香。杨梅节②闹,三清茶③好,西子新装④。　　欢潭垂钓,休闲犹有,假日山庄。道林年韵⑤,桃源烟雨⑥,待尔观光。

注:①此阕视线投往萧山南部地区。②杨梅节:指所前镇杜家村杨梅节。杜家一带盛产杨梅,颇有名气。③三清茶:指戴村镇一带产出的名茶。④西子新装:指临浦镇一带的新貌。西子,指西施,临浦境内有其遗迹,另建有西施公园。⑤⑥道林年韵,桃源烟雨:均为萧山南部景点。

其七 采桑子①

翠峰抱出湘湖好,绿水逶迤。暖日西移,拾梦湖桥②云影③低。　　游船过处波光动,鸥鹭翻飞。十里长堤,莲芰④花开处处迷。

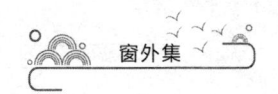

注：①此阕又转往西面，专咏湘湖。②拾梦湖桥：即湖桥拾梦，为湘湖一处景点。③云影：隐指湖心云影一景。④指菱。

其八　清平乐①

江天残照，霞没西飞鸟。浙水东来波渺渺，稳送航船多少？　　杨岐千古钟声②，三江渡口③渔灯。最是晚风一阵，游人尽带幽蘅④。

注：①此阕视线再往西投，到了萧山之西界。②杨岐千古钟声：杨岐钟声为湘湖八景之一，萧山义桥镇内有杨岐寺。③三江渡口：指三江口，为钱塘江、富春江、浦阳江合流处。④幽蘅：指杜蘅等香草，此处尽带幽蘅，意为染上了杜蘅香草的幽香。

其九　临江仙①

星火何如灯火耀，酒吧影院歌厅。客流入夜反加增。市心车马堵，旺角②闹腾腾。　　党惠普施如雨露，小摊忙达深更。可人③此是不眠城。且看潮起处，旭日又东升。

注：①时间入夜，而视线又折回城中，写城区晚上之繁华。②旺角：指萧山旺角城广场。③可人：可人意，使人喜欢、满意。

如梦令

独夜醒来残醉,灯火街头憔悴。抬眼向青冥①,三两流星飞坠。心累,心累,一夕风花都碎。

注:①青冥:青色的天空。

调笑令

春水,春水,风过涟漪泛起。东西南北琴音,草木虫鱼动心。心动,心动,月下花开如梦。

人月圆

硕花一朵明霞晚,战战①向残春。邻枝结子,芭蕉满绿,谷雨纷纷。　珠遗沧海,鬓衰鸾镜②,一样酸辛。嫦娥老大③,冥空寂寞,数点啼痕④。

注:①战战:指发抖的样子。②鸾镜:装饰有鸾鸟图案的铜镜。③老大:指年龄大。④啼痕:泪痕。

人月圆

熙熙①天下人来往,街市酒灯红。求田问舍②,囤金炒股,都话成功。　天边皓月,深更照我,独立青峰。寒波淡淡,平沙邈邈③,飞去孤鸿。

注:①熙熙:热闹的样子。②求田问舍:多方购买田地,到处问询屋介。③邈邈:形容悠远。

人月圆

烟汀四面霜风起,斜月泻光华。兰薰微度,沧漪①初泛,瑟瑟菱花。　溯洄②难觅,青山望断,雁没天涯。伊人何处,空余绮梦③,冷落蒹葭。

注:①沧漪:水上波纹。②溯洄:逆流往上游走。③绮梦:好梦。

人月圆

十年老尽黄尘树,柯叶欲枯僵。飞蓬飘逝,孤鸿远去,满鬓风霜。　江流浩浩,关山无极,一地残阳。前尘回首,西风吹泪,独立苍茫。

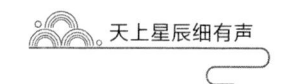

人月圆

侨星秋夜

一弯秋月当空际,夜幕布星辰。诸生归寝,光灯都熄,蛩响频频。　此时唯我,山巅独伫,一片诗魂。凉风倏起,衣襟瑟瑟,桂子纷纷。

人月圆

东西南北蝇来往,逐臭乱嗡鸣。任他翻覆,凭帘开展,一卷金经①。　风云长变,我心依旧,月白天青。穷庐自守,寒江独钓,不负苍冥。

注:①金经:指用泥金书写的佛经。

涧　草

独有涧边草,知余明月心。
佳人无处觅,回首泪沾襟。

人月圆

十年一路多蹉跌,独自对青灯。几回令我,人间不信,尚有真情。　当年美愿,如今哀泪,却向谁倾?推窗望

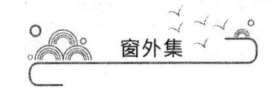

去，天边孤月，天上寒星。

永遇乐

代薛飞①老师作

　　落蕊纷纷，凭窗批卷，都忘春去。斜月西移，诸生归舍，留得虫私语。半生学泮②，一心数字，冷落向谁倾诉？然亲近、童心真理，实亦百般欢趣。　　几回梦里，高斯来往，牛顿柯西曾住。教得青衿③，九章周髀，圆率兼勾股。方程向量，积分拓扑，奥妙直通今古。且抬望，天星夐邈④，闪光可数。

　　注：①薛飞：高三时数学老师。②学泮：指学校。③青衿：旧时读书人穿的一种衣服，借指读书人。④夐邈：指辽远、遥远的样子。

人月圆

　　新农妆出王村①好，山碧水悠长。四围苗木，东西大道，划一洋房。　　回音钟响，情怀更在，龙凤厅旁。憩凉亭下，清风拂面，暖日花香。

　　注：①王村：自家所在的村落名，属临浦镇。下文提及之"回音钟""龙凤厅""凉亭"，均为保留下来的村中古迹。

永遇乐

赞叶嘉莹①

三尺之台②,天花飘坠,诗魂千古。遥想先生,少年颠簸③,家国同悲苦。赴台尤是,艰辛岁月,多少海风椰雨。然诗卷、长留心底,中有信念欢趣。　　夜思《哀郢》④,朝吟《书愤》⑤,更伴苏辛陶杜⑥。北美身漂,激情播撒,桃李开无数。归来已是,满头霜发,却道中华儿女。百年矣,修梅一朵,向阳独伫。

注:①叶嘉莹:著名古典文学研究专家,曾随丈夫迁居中国台湾,后又赴美国、加拿大任教定居,在诗词研究上有杰出贡献。②三尺之台:指讲台。③颠簸:上下震动,比喻人生坎坷不平。④《哀郢》:屈原创作的一首诗,是《九章》中的其中一篇。⑤《书愤》:陆游的一首诗。⑥苏辛陶杜:指苏轼、辛弃疾、陶渊明、杜甫。

永遇乐

咏萧然①

旭日初升,萧然红遍,钱江东去。渔浦②风光,围涂③上下,秀色人皆慕。东西大道,如林商厦,一片民丰物阜。人人是,雄鹰气象,展翅欲飞高处。　　东藩演史④,伯

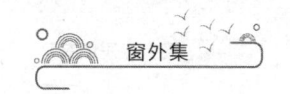

年⑤妙画，更有诗狂⑥千古。经学奇龄⑦，抗英鹏起⑧，才杰真无数。曩时农运，而今兴看，百企千商吞吐。健儿奋，潮头勇立，赤旗正举。

注：①萧然：指萧山区。②渔浦：指萧山区内义桥镇一带。③围涂：指萧山东片地区，这一带原由围海造陆而成。④东藩演史：指蔡东藩写历史演义小说。东藩，即蔡东藩，萧山临浦人，著名演义小说作家、历史学家。⑤伯年：即任伯年，清末画家，萧山瓜沥人。⑥诗狂：指唐代诗人贺知章。⑦奇龄：即毛奇龄，清代学者、文学家。⑧鹏起：指葛云飞，清代抗英民族英雄，在定海保卫战中牺牲。

苍梧谣四首

其一

荒，落木纷纷带夕阳。情何限？万里朔风长。

其二

来，无限悲怀一醉开。朝天祝，落日照高台。

其三

梅，今世今生更傍谁？相思骨，一夜雨风吹。

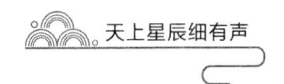

其四

琴,瑟瑟萧萧苦雨①淋。相思泪,滴在海棠心。

注:①苦雨:指久下不停的雨。

永遇乐

秋日有怀徐恩师①

鸿雁飞南,黄花委地,又西风起。遥想恩师,杏坛抱病,几许寒凉意。心怀却是,春风暖日,尽播万千桃李。从容对,云天惨淡,令人仰止②垂涕。　　围炉一室,志同三五③,转眼十多年矣!阔论高谈,古今中外,多少诗情事?当时鹏愿,谁知今我,露草秋萤憔悴。殷勤④盼,来春晴好,与师共醉。

注:①徐恩师:指大学老师徐涛。②仰止:仰慕,向往。③志同三五:指大学期间志同道合的几位同学、朋友,当初常于徐老师家里围坐,一起谈学论道。④殷勤:指情意深厚。

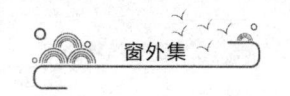

永遇乐

寄蒋韩权[1]

梧叶萧萧,秋风几阵,飞鸿声杳。忽念吾生,寒窗辛苦,征战知多少。忍艰应作,骆驼负重[2],一任日炎沙啸。转还变,雄狮威猛,直冲恶龙咆叫。　　窗前小树,依稀记汝,灯下读书声好。二载匆匆,如今松柏,已是青青貌。还期来岁,参天合抱,构筑人间妙造。待相会,沧桑却化,幼婴一笑。

注:①蒋韩权:学生,当时正读高二。②骆驼负重:此处用到尼采哲学理论。尼采提出权力意志,认为人应该超越自己,先是成为负重远行的骆驼,一变而为勇健凶猛的狮子,再变而为象征开始的婴儿。

采桑子

黄河澎湃黄山秀,看我中华。风景奇佳,遍地春风遍地花。　　五千年史波澜壮,无惧风沙。万里朝霞,浩浩前行一大家。

苍梧谣九首

其一

听，墙角虫鸣一两声。谁人叹，斜月半窗明。

其二

听，天上星辰细有声。花眠未？斜月照多情。

其三

秋，万里霜风占白头。江天暮，浩浩水东流。

其四

烟，举火群魔咒舞欢。神坛上，沥血寸心丹。

其五

云，瑟瑟风吹过远村。山楂树，无语守黄昏。

其六

霖，久旱诚伤万颗心。灵巫祷，终不见天阴。

其七

莲，独在光城①发秀妍。心飞去，已过万千山。

注：①光城：指日光城，即拉萨。

其八

荒，牧笛声随雁远翔。炊烟起，牛尾曳斜阳。

其九

蒙，百草千花洗礼中。心开后，天地亮双虹。

上径山寺①

　　一径山高迥，兴将幽刹②临。
　　好风舒远目，骤雨洗尘心。
　　淡泩③茶香袅，盘旋竹色侵。
　　寻参临济法，上界起清音。

注：①径山寺：创建于唐代天宝年间，在杭州市余杭区径山镇，兴临济宗，内有洗心台。②幽刹：幽静的寺庙。③淡泩：形容风光明净。

怀大学恩师徐涛

恩师恩义重,瞻想蜀山岩[①]。

病体今安否?诗心定寂寥。

昔情从未远,众卉已多娇[②]。

会向门前立[③],重聆滚滚韶[④]。

注:①岩:形容山高。②众多花卉已各显娇媚,喻指所教学生各有所成。③此句暗用"程门立雪"典故。④此句中"聆韶"有出处,明代徐渭《入乡贤祠府县祭文》:"惟公一代经师,千古道宗,闻之者几于聆《韶》,见之者称为犹龙。"此处意指聆听老师教导。

游湘湖一角

游当春日丽,夹岸絮蒙蒙。

浴鸭七八个,樱花三两丛。

人行明镜里,楼立水湾中。

小憩碧苔上,远山来好风。

唐多令

重游杭州乐园[1]有感

鬼屋暗森森,迷旋玛雅林。记当年、海盗来侵。木马天轮飞转急,更荡水,湿衣襟。　　廿载到如今,悬车[2]升又沉。看诸生、游闹追寻。慵[3]倚栏杆长太息,何处觅,少年心?

注:[1]杭州乐园:坐落于杭州市萧山区的综合性游乐园,内有鬼屋、玛雅部落、失落丛林、旋转木马、摩天轮、海盗船等游玩项目。初次游玩,尚在2001年10月。[2]悬车:即过山车。[3]慵:懒。

聊城夜书怀

暮夜至聊城,街头且浪行[1]。
灯于斯际[2]晦,风作不平鸣。
目向泰山伟,心连河水[3]清。
何须言寂寞,万古一书生。

注:[1]浪行:指随逛,漫无目的地走。[2]斯际:此际,这时。[3]河水:指黄河。

人月圆

参拜三孔圣地

夙思圣地瞻夫子,拖怠到如今。用端恭敬,安敦府庙,古柏森森。 一灯照破,漫漫长夜,华夏披金。光传万世,生民其命,天地其心。

献 血

睹血昔恐惧,屠禽亦远之。
今朝心一热,献此有所思。
战士负伤处,慈母诞儿时。
国土得护卫,生命代代遗。
更有重病者,赖血急救医。
念此已无畏,插针如不知。
回看后长队,出臂正缓移。

致花雨文学社[①]

满满二十载,悠悠花雨情。
芬芳环校舍,润泽及萧城[②]。
文表寰中[③]事,笔抒心底声。
华章[④]积益厚,意气见诸生。

注：①花雨文学社：母校萧山十中的一个文学社团，创办于2001年。②萧城：指杭州市萧山区。③寰中：宇内，天下。④华章：华美的文章。

萧　民①

萧民思奋斗，勇立大潮前。

能忍万般苦，敢为天下先。

雄关今更闯，沧海昔曾填②。

君看繁华地，劳心③代代传。

注：①萧民：指萧山人民。②此句指萧山东片地区曾填海围垦。③劳心：动脑筋。

中年三首

其一

中年沉闷夜难寐，仰躺分明无所思。

点看灌篮高手剧，泪流不觉已多时。

其二

中年无喜亦无嗔，时赖抽烟一醒神。

想到看山兼看水，才行几步又回身。

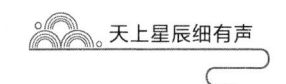

其三

中年已不论乾坤,细雨来时早闭门。

哪管儿童喧闹急,叼烟一坐一黄昏。

中 年

中年寡言语,镇日但呵呵。

爱到无人处,悠悠一放歌。

猿之行八韵

到世原无主,生存备苦辛。

未持狮象力,只适李桃珍。

天冷川成冻,林荒食遽①贫。

敢拼凶恶兽,岂顾弱微身。

望远腰杆挺,操劳指骨伸。

除腥能用火,排窑会陶轮。

莽莽千重岭,悠悠几度春。

从今不啼夜,昂首已成人。

注:①食遽贫:意指食物一下子稀少了。

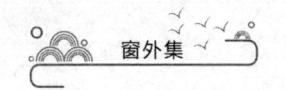

逸 猴

挹①泉真性野,时下憩幽葩。

自在攀高树,灵机跃险杈。

庙堂空肃穆,城市漫喧哗。

更入深山去,纷纷只落花。

注:①挹:舀。

三十五岁感怀

人生今过半,七十古来稀。

潦倒同衰柳,荒颓似落晖。

进餐牙半晃,入夜梦多违。

莫总提梁灏①,前途实已微。

注:①梁灏:宋代人,据传八十二岁中状元及第。《三字经》:"若梁灏,八十二,对大廷,魁多士。"

赞沙县小吃

小吃吾夸沙县好,街头一室为平民。

价廉品足随挑味,货实材优可补身。

半碗馄饨鲜出泪,两根鸭腿饱来神。

饥临每似回家里，捧饭贤妻笑语亲。

咏 莲

一身茎骨正，不受恶风侵。
出水亭亭净，栽根默默深。
三春甘绿叶，七月展红心。
到老弥留惠，勤民①尽热忱。

注：①勤民：尽心尽力于人民的事。

秋日饮云门酒

秋来偏是雨多时，好酒云门得饮迟。
共渡难关能壮胆，为谋事业可添思。
黄昏数口愁全去，白日三杯兴尽滋。
闻说邻家郎娶妇，明朝一祝一酣之。

采桑子

秋风扫落梧桐遍，人到中年，人到中年，辗转今宵又不眠。　　空杯痴影知谁是？独坐窗前，独坐窗前，淡月疏星好个天。

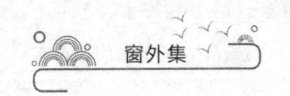

情人节后玫瑰花

情人节至烂漫裏,露天花摊亦红火。
千百玫瑰逞娇秀,分类装饰争相售。
中有一束绝硕美,枝干挺拔花艳伟。
胭脂浓抹露痕新,金丝系腰霞包蕊。
他花未比已失色,价高行人远叹息。
亦有佳客心中属,摩挲翻将旁卉取。
日头东升复西落,邻枝纷纷售有托。
独此奇葩不折价,但看夜色已索寞。
行客依稀天寒矣,节后心情谁顾此。
露干色褪花渐萎,凄凉泪落黄尘里。

永 子[①]

知君精玉质,黑白最分明。
欲结为佳友,快然千古情。

注:①永子:指云南省保山市出产的围棋。

独 步

河山源已尽,荒寂雁南逃。
独步天边路,霜空一月高。

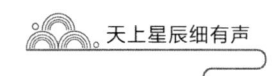

永遇乐

仰望星空,幽深夐邈,通宵长想。织女迢遥,姮娥羞涩,其背何模样?天狼有伴,大熊成斗,黑洞又何形状?或真存,他星智类,终究亿万光亮。　　先民奔月,后民乘箭[①],代代飞身欲往。哈勃穷观,霍金深索,纵死心犹向。而今须看,神舟壮伟,已是载人直上。信来日,遨游宇宙,极其快爽。

注:①指明代万户坐自制火箭飞天。

永遇乐

露水晶莹,芳花小小,皆可为宝。大造多情,不遗一物,入药何微妙。五禽戏巧,千金方绝,自古好生之道。更时珍,艰辛万里,汇编鸟兽虫草。　　曾闻西圣[①],誓言宣发,谨守从医节操。不问尊卑,救人伤疾,只待回春笑。危悬之际,逆行不顾,感动泪流多少。应坚信,仁心大爱,旭光永照。

注:①西圣:指希波克拉底,被西方尊为"医学之父"。

轻鹰集

蓝莓

女娃不相识,春风俏奔来。

打开吾手心,相赠一蓝莓。

未谢人已远,弥望山花开。

四叶草

三五小女孩,正寻四叶草。

予驻一微笑,脉脉亦祈祷。

回首薰风起,天边彩虹好。

水调歌头

咏嵊州①

嵊县吾深爱,山水最怡人。曾临百丈飞瀑,长泻睹惊魂。碧漾剡溪九曲,敧路崿山秀绝,其上石生云。千载清风岭,别有世间春。 禹开凿②,佳妙地,古贤亲。子猷夜访③,乘兴最在雪纷纷。谢子石门诗就④,僧皎慕茶而后⑤,书圣墨犹新。文采风流处,思欲托吾身。

注:①嵊州:隶属于浙江省绍兴市,古为剡县。词中之百丈飞瀑、剡溪、崿山、清风岭均为嵊州名胜。②禹开凿:

传说此地为大禹治水毕功之地。③王子猷雪夜访戴之典，亦与剡县相关。④指谢灵运在嵊州写有《夜宿石门诗》等诗作。⑤指唐代高僧皎然闻剡县茶好，慕名入住。

蚂 蚁

蚂蚁憩枝头，风吹落水中。

摘叶捞救之，放归入草丛。

临行俏皮嘱，切莫怪春风。

萤 火

萤火歇苜蓿，女孩见大哭。

因问何缘故，言是星掉落。

笑而宽慰之，重会升天幕。

鹧鸪天

咏株洲云龙示范区

龙母河①旁锦绣装，云龙俊逸少年郎。挺胸健步凌云气，更具才华技艺强。　深爱慕，几思量，知君为国力争光。红旗一举朝晖上，引领湘民铸炜煌。

注：①龙母河：流经株洲市云龙区。

霞 客[1]

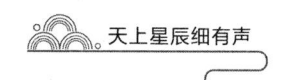

四百年前足迹,敬他遍布神州。
无数霞生霞散,星空何有尽头。

注:①霞客:指徐霞客。

牺 牲

战士舍身为护,一花一草安然。
鲜血染红夕照,光辉托起明天。

洗 涤

愕问老人搓水,但言洗涤灵魂。
一阵风花飘远,夕辉照出啼痕。

渴 盼

种子一心渴盼,甘霖却远天边。
纵被深深埋没,壤中会等千年。

鹧鸪天

咏雁门关

卷地风沙塞外寒,群峰峻极压胡天。有吞百万蛮兵势,自是中华第一关。　　思报国,爱江山,防边自古少人还。红军摧敌阳明堡①,每念三更血欲燃。

注:①指1937年红军夜袭阳明堡,大败日寇。阳明堡为雁门关下古镇。

采桑子(组词)

湘湖十咏①

其一

览亭远眺湘湖好,风景全收,碧水悠悠,两岸青林接远楼。　　登临兴发清秋日,芦叶飕飕,逝去扁舟,晚日烟霞没数鸥。

注:①此组词写湘湖,依次咏及湘湖晨曦先照、杨公堤、画船游览、掬星岛、湘浦观鱼、跨湖桥遗迹、越王祠、横山湘湖书院、金融小镇等景点或观景方式。

其二

晨曦先照湘湖好，山路微茫，寺笼金光，梵呗钟声到十方。　　枝头甘露阶前滴，桧柏苍苍，古井泉香，一啭黄鹂禅意长。

其三

杨堤漫步湘湖好，修竹摇摇，杜若香飘，流水声中上石桥。　　乐园嬉戏多人气，不觉无聊，爱倚芭蕉，隔岸风来一缕箫。

其四

画船游览湘湖好，两岸芳林，忽入桥阴，过处惊飞渚上禽。　　不知身在黄公①画，醉里沉吟，何处琴音，桨荡湖波一点心。

注：①黄公：指元朝画家黄公望。

其五

掬星岛看湘湖好，碧水青峰，荷叶翻风，万绿裙中数点红。　　泽兰一片迷人眼，舞蝶游蜂，白鹭飞空，仙子回眸丽日中。

其六

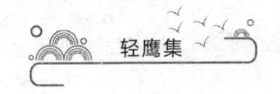

观鱼最在湘湖好,杨柳风轻,映日波平,水草丛中偶出迎。　翛然不辨谁之乐,时戏时停,一喋浮萍,回首蕙衣香满汀。

其七

跨湖桥说湘湖好,石器之时,独木存遗,万载悠悠谁复知?　烟熏陶釜绳纹在,药草依稀,一点晨曦,亮出神州实叹奇。

其八

越王祠坐湘湖好,怀古城山,浮想联翩,铁马金戈现眼前。　卧薪复国图强志,激励千年,望眼江天,依旧涛声两岸传。

其九

人文浓厚湘湖好,苔径幽芳,书院遗香,翰墨犹存古殿堂。　固穷遁叟辛庐在[①],文脉悠长,狂客知章[②],唤起诗情入大唐。

注:①此句指湘湖掬星岛上当年周易藻筑的"辛庐"还

在。周易藻,号遁叟,编有《萧山湘湖志》。固穷,信守道义,安于贫贱穷困。②指贺知章,自号"四明狂客"。

其十

金融镇落湘湖好,产业优先,美食当前,黛瓦银墙流水边。　夜来如入神仙境,星月斑斑,灯火流连,频见楼台歌舞欢。

人月圆

芦

沿堤万里河山好,守望已千年。萧萧两鬓,秋来哪管,瑟瑟衣单。　脊梁坚挺,扎根厚土,祈盼平安。絮花飘远,随风载梦,直向天边。

呈戴恩师[①]

廿载深相忆,平生第一师。
发蒙[②]知道义,播种有诗词。
海阔鱼游乐,天高鸟去迟。
于今诲音在,静夜每思之。

注:①戴恩师:小学老师戴海华。②发蒙:指教儿童开始识字读书。《易经》:"发蒙,利用刑人,用说桎梏,以往吝。"

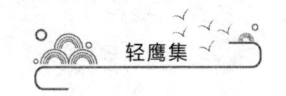

浣溪沙

风已萧萧菊已哀,雁声远入苦人怀。举杯独上旧云台。　　一不留心机易失,何须在意运难开。今宵月好且歌哉。

眼儿媚

侨星夜伫

山巅蓦地起泠风,明月正当空。桂花香泛,孤鸿声没,四面青松。　　凝眸伫久衣襟冷,长叹向苍穹。悠悠往事,亭亭身影,都到心中。

人月圆

蝾螈出没阴潮地,钟乳竞抽芽。冻风穴外,萧萧叶落,几树山楂。　　一团篝火,野人默坐,痴守苔花。暗沟流泻,三星护月,频叫孤鸦。

人月圆

祭台高在云层外,梯级万千多。阴风昏月,幽光夹道,时舞群魔。　　金盘承载,吾头自托,步出鸣珂①。登空肃缓,馨香袅袅,远岱峨峨②。

注:①鸣珂:指玉佩发出声响。②远岱峨峨:指远山高耸、庄严。

人月圆

胆瓶封印千层厚,九狱黝深寒。无声无影,无风无臭,无地无天。　　孤魂一片,悠悠飘荡,不计何年。时开百卉,时鸣仙曲,时下青鸾①。

注:①青鸾:古代传说中的一种神鸟。

醉太平

康斯坦茨①,瑰幽丽奇,春风吹泛涟漪,惹林莺叫啼。　　千思万思,心迷梦迷,上苍解咒何时,问鲦鱼不知。

注:①康斯坦茨:湖泊名,即博登湖,位于瑞士、奥地利、德国三国交界处。传说查理曼大帝晚年爱上一位德国姑娘,以致不理朝政。大臣们心急如焚。直到那姑娘死去,宫中上下才松了口气。谁知查理曼的爱情并没有和那姑娘一同死去。这位皇帝还下令将姑娘遗体搬进他的寝室,每日死守,寸步不离。图尔平大主教对此感到惊恐,怀疑皇帝着了魔,遂坚持检查姑娘尸体,结果在她舌头下边发现一个镶着宝石的戒指。而戒指一到图尔平手中,查理曼又立即如痴似狂地爱上

了这位大主教。为了摆脱此一难堪局面，图尔平便把戒指扔进了康斯坦茨湖。从此，查理曼爱上了那湖水，不想离开湖畔一步。

浪淘沙

野行

秋水浸彤霞，鹜起平沙。迢迢不见野人家。此际世间何物好，一碗清茶。　　过眼几峰花，忽现桑麻。殷勤捧出大甜瓜。挥手谢辞篱落去，转又天涯。

醉太平

云昏月羞，征鸿不留，悠悠独上高楼，看长江自流。　　人生未秋，何须说愁，男儿志在神州，正浊醪上头。

醉太平

千山叶黄，秋风渐凉，田间白露为霜，看农夫正忙。　　条条垄①长，泥香稻香，儿童戏捉飞蝗，有昆蜉②运粮。

注：①垄：指田地分界凸起的埂子。②昆蜉：即蚂蚁。

八大山人①歌

八大山人骨相奇，有明宗室之孑遗。
一生颠簸劫数多，为僧为道且由之。
身世全副托笔墨，枯落心思谁得知。
山者颠危水者空，鸟张白眼鱼翻瞳。
世态悠悠富与贵，一入画笔讥笑中。

注：①八大山人：即朱耷，本是皇家世孙，明亡后削发为僧，后又入住道院，擅画而造型奇特。

玉楼春

月圆月缺天然相，花落花开生命状。尔何多事寄欢悲，无故三更空作想。　太阳依旧从东上，明日街头嘈杂样。人生到此窍难开，直领德山三十棒①。

注：①德山三十棒：系禅门典故，德山即唐代禅宗高僧德山宣鉴，引人开悟，喜用当头棒喝，其名言是"道得也三十棒，道不得也三十棒"。

历隆尧[①]

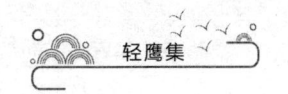

隆尧真圣境,原阔欲穷难。

始信人间古,顿教心地宽。

一方陵肃肃,千载路漫漫。

到此无遗恨,归时寝梦欢。

注:①隆尧:隶属于河北省邢台市,系上古尧帝的始封之地,又为唐朝李氏帝王祖籍地,有唐祖陵。

浣溪沙

得骏眉茶泡饮有感

难得今朝有好茶。初闻身骨即酥麻。三杯肠胃遍开花。　人事百年烦恼去,奔波千里兴情佳。飘飘已自入仙家。

数　沙

儿童海滩上,浑然数沙子。

云是老师言,天星数类此。

星星常眨眼,沙可托手里。

护生态

在在①是黄金,何如多绿荫。

圣贤垂庶类②,天地有仁心。

水净鱼游乐,林丰兽处深。

同存星月下,相伴奏谐音。

注:①在在:到处。②垂庶类:指关怀万物。

日记簿

打开日记簿,厚厚二十年。

中无一字存,唯有血迹鲜。

忽起熊熊火,一霎化飞烟。

狗尾草

寂寞田间道,一丛狗尾草。

摇摇夕辉下,秋风吹令老。

何时春燕来,觅食叶下好。

眼

天空忽飘落,千百万只眼。
或细如针孔,或亮如灯盏。
有入石桥缝,有布天花板。
眼光所放处,世人皆裸袒。
数犬因悸恐,狂逃气已短。

誓

男娃言婚娶,对虫诚发誓。
女娃不深信,拉钩以为记。
百年亦不变,暖人春风至。

独 伤

凝眸秋把酒,不语立黄昏。
飒飒风长啸,滔滔浪急奔。
怜伊空绮梦,报国只诗魂。
千载无知己,沉沉泪独吞。

谁 能

谁能不为己,独下主之城。

担尽人间罪,看空世上情。

心如沧海阔,志与碧霄平。

愿力普施处,直教寰宇清。

罗 网

一雁竭力飞,欲逃天地间。

天地不可逃,即身罗网缠。

纵未缝矰缴①,泪已满关山。

注:①矰缴:古代用来射鸟的拴着丝绳的短箭。

忧 思

忧思令我老,千里觅萱草①。

萱草不可觅,把酒期醉倒。

醉眼看园田,儿童逐笑杳。

注:①萱草:又名忘忧草,因有忘忧之寓意。

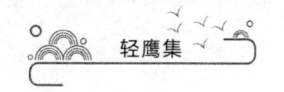

对窗独饮

年来多感慨,把盏对窗痴。
残月相思夜,秋风独病时。
一壶温又冷,数鼠静还吱。
往事肠中搅,含啼发笑迟。

禅 定

孤僧骨嶙峋,禅定沙漠中。
狂风吹不动,烈日坐如钟。
哈气成楼台,折光幻顷宫。①
由他万象出,早已四大空。

注:①写海市蜃楼现象。哈气:古人认为海市蜃楼是蜃吐气产生的,现在则知是光的折射缘故。顷宫:巍峨的宫殿。

心 在

厉鬼扼吾喉,艰难苦痛忧。
茫茫将廿载,忽忽又三秋。
怦跳心犹在,高飞梦未休。
会当持宝剑,壮志一朝酬。

激　感

书生言报国，人总未当真。

卧子①甘投水，谭君②不害仁。

慨慷千古事，寂寞百年身。

伫守空庭月，寒宵泪满巾。

注：①卧子：指明末词人陈子龙，他进行抗清斗争，投水殉国。②谭君：指谭嗣同，参加领导戊戌变法，失败后被杀。

深秋夜书怀

临冬群族息，独予夜难眠。

习习风吹谷，茫茫雾落川。

劳生犹有罪，佳丽已无缘。

残月移时久，怀悲望昊天。

闻《我的中国心》

激荡歌声起，壮怀难自禁。

长城盘脑海，热泪洒衣襟。

不变黄人种，恒存赤子心。

髦年①思报国，此际意弥深。

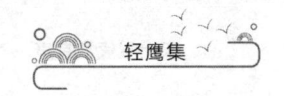

注：①髫年：指幼童时期。

感遗落围棋子

蒙尘遗旮旯，一子可怜伤。
侵晓有霜冻，终朝无日光。
几时逢队友，再度上疆场。
切莫同砂石，随教一扫亡。

男　儿

自古男儿气，居卑不叹穷。
心胸包宇宙，仁爱及衣虫。
鸿鹄高天外，鲸鲵①急浪中。
翻腾终有日，雨后必霓虹。

注：①鲸鲵：即鲸鱼。雄曰鲸，雌曰鲵。

如梦令

一室灯昏尘满，案上笔书零散。漏尽酒杯空，起看月华如练。心乱，心乱，柳外落花风旋。

秋夜感己

张子何为者,穷居陋巷深。
不甘蝼蚁命,长抱凤凰心。
夜静蛩声急,天寒露气侵。
推窗仰空望,一月亮如金。

观星穹有感

喜今晴夜好,仰望向苍穹。
云幻牛郎梦,星成室女宫。
物能何奥妙,宇宙实无穷。
会坐载人舰,历游全太空。

寒夜不寐

披衣眠又起,步室自沉吟。
万里豪雄气,千秋寂寞心。
昏昏残烛烁,瑟瑟冷风侵。
迸念功勋者,中宵涕似霖。

呈马校长[1]

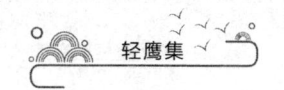

蒙恩将十载，感激涕淋淋。
喜获今温饱，难忘旧热忱。
即生存逸性，不死是诗心。
樗栎[2]唯荒处，何堪正务任。

注：①马校长：指侨星中学马爱平校长。②樗栎：喻无用之材。

堵　车

昏黑回家路，长龙死堵中。
相催喇叭噪，才动尾灯红。
望望天无尽，咕咕肚已空。
手机忽振响，骂促速完工。

悲中年

房车须还贷，每日费数百。
油盐煤电网，处处相追迫。
上老而下小，焉能稍错逆。

晨起复夜归，不敢得病疫。

职场烦心事，每令失魂魄。

苦恼已无伦，犹须笑尽责。

他人总未满，动辄获怨斥。

人生此煎熬，何曾暂悦怿。

行行作长叹，兹苦何有极。

恐是身冷却，方可得一息。

唐多令

童梦

相约数儿童，仙球在手中。叫一声、幻出披风。瑶草精灵都看我，骑天马，上星穹。　　转眼入魔宫，持矛刺猛龙。更机关、破去重重。智巧轻将公主救，鸣礼炮，亮霓虹。

永遇乐

林树下思

趺坐幽林，繁枝蔽日，苍翠如雨。还似当初，巨榕柯底，密实浓阴布。根伸无极，沟通天地，世界莫非奇树[①]。却抬想，云高星迥，悠悠奥妙无数。　　劳生有限，未能尝果，不免轮回辛苦。善恶存心，何妨被逐，流落凡尘路。[②]佛陀千载，菩提树下，终有人间觉悟。而今我，凉风倏起，思随叶去。

注：①指乾坤树，北欧神话中枝干构成整个世界的奇树。②前六句暗用《圣经》中之生命树与分辨善恶树的典故。

后补集

如梦令

寂寂落花风定,还是一湖如镜。夜鸟两三声,叹息暮春犹冷。知命,知命,独对满天星影。

纸　船

儿童做船只,讨要大纸张。
正告欲坐此,游遍八大洋。
仰头复喃喃,天上亦可航。

苍梧谣二十一首

其一

烟,径自无风一溜前。无寻处,或恐是狐仙。

其二

涛,滚滚翻翻去已遥。何须问,千载几英豪。

其三

天,何使吾生运命艰。囊空处,四壁泪涟涟。

其四

伤，我醉今宵一舞狂。鸡鸣后，默默对苍苍。

其五

神，何计人间得本真？千峰顶，独伫对星辰。

其六

牌，难得余生运道开。谁知道，帝命洗重来。

其七

书，累俺平生尽是输。苍天也，掩卷泪模糊。

其八

苔，半寸微阳盼不来。凄凉雨，一夜梦花开。

其九

思，潮起天涯雁没时。菱花尽，江月步迟迟。

其十

魂，一出躯兮看己身。双流泪，世界等埃尘。

其十一

心,百孔千疮病已深。临终愿,松下弄瑶琴。

其十二

笳,刺骨声声不念家。头颅在,百战向黄沙。

其十三

蝗,烦恼铺天噬咬忙。谁能救,血尽是荒凉。

其十四

轮,直滚天涯去逐春。惊回首,一路是芳魂。

其十五

鹰,一破苍穹万里征。长风好,山海固多情。

其十六

荷,一棹熏风一棹歌。星光满,荡梦有清波。

其十七

寻,原阔山高海底深。心安在?独夜泪涔涔。

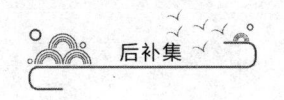

其十八

关,独矗黄沙欲破难。提枪望,风卷夕阳天。

其十九

星,万万千千数不清。痴心在,不觉已天明。

其二十

涡,百转千旋万折磨。人间苦,挣扎又如何?

其二十一

蝉,莫道争鸣夏日烦。天荒处,一噪是心安。

扔 石

凉夜无风一石,随扔正落湖心。
搅碎满天星梦,银河尽是回音。

漂流瓶

何处漂流瓶,漂流到我手。
接传经几人?亦不据己有。

殷勤题祝福,再度任漂走。

不知下落谁?祝福传久久。

苍梧谣三十五首

其一

灯,影静花枯满壁藤。清泠夜,一室木鱼声。

其二

看,隐隐群乌没夕烟。钟声定,红叶满秋山。

其三

鸡,振翅坡头一奋啼。东方日,会意透晨曦。

其四

愁,如鬼欺予数十秋。诚来气,快上二锅头。

其五

萍,随水浮沉命最轻。痴心语,夜夜诉天星。

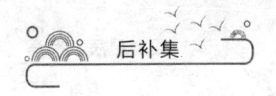

其六

牙，老矣摇摇惜落花。还来梦，啃硬是生涯。

其七

钟，回响声声荡远峰。归鸦尽，茶煮木庵中。

其八

坑，一跃明知尽赤城。三生石，谁困我三生。

其九

帆，点点妆描远水蓝。轻鸥去，落日正红酣。

其十

榴，花共星辰缀碧流。南风起，夜色好温柔。

其十一

馨，触靥娇花一瓣轻。柔风夜，一吻梦中情。

其十二

舲，系缆舟人卧月明。芦花梦，一夜水天清。

其十三

门，酷日开来似火焚。金屏上，富士雪纷纷。

其十四

鸦，聒噪声声隐暮霞。炊烟起，游子正思家。

其十五

琴，一曲人间感慨深。悲风起，天上竟何心？

其十六

鹅，游遍高山与大河。乘风快，骑此向天歌。

其十七

翁，拄杖凝眸夕照浓。原田上，逐闹几顽童。

其十八

皑，雪夜良朋抱酒来。围炉饮，心似百花开。

其十九

头，一拍欢乘热气球。全寰宇，上下任飘游。

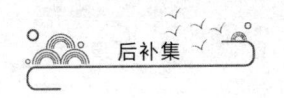

其二十

嘻,煞恶游人远避之。猴来戏,鼻孔插花枝。

其二十一

汤,豚骨熬来一碗香。眉双落,回味入仙乡。

其二十二

篙,归去风中一缕箫。寒江上,皓月一轮高。

其二十三

庵,经颂声中起夕岚。鸦归去,落日半山含。

其二十四

鸢,一架高飞出远天。金辉下,谁画麦田圈?

其二十五

神,照我推开地狱门。晶莹泪,洒遍向哀魂。

其二十六

娃,最好天涯另觅家。休云苦,伊甸有环蛇。

其二十七

孩,三五融融逐笑来。蓝天下,如海矢车开。

其二十八

签,一世艰难困矮檐。重题写,四海畅扬帆。

其二十九

奇,红海波开率众离。家园梦,万古一摩西。

其三十

听,一艇深深海底行。千寻下,绝境有生灵。

其三十一

冬,遍野萧条似命穷。临风叹,久不梦周公。

其三十二

眸,谁在钟山顶上愁?孤帆远,江水自悠悠。

其三十三

秋,寥落江山入目愁。笳声远,一雁度高丘。

其三十四

曦，直耀窗前橄榄枝。谁为赠？白鸽满天飞。

其三十五

珠，硕润莹圆举世殊。谁人采，盼到海全枯。

叩　问

向天而叩问，思者我为谁？
翔鸟鸣已息，寒夜悲风吹。
欲去何处去，欲归如何归？
涔涔泪下时，迟月满霜辉。

砍　树

小娃看电视，不觉泪如箸。
因问何缘故，有事且慢语。
刚果盆地里，小树被砍去。

梦 卿

三梦卿卿卿不知,床头坐起泪如丝。

悠悠何处相思曲,独奏伤心月下时。

童子画

拉手众成圈,相聚宇航船。

咧嘴皆憨笑,问此何意焉?

童子从容答,所画是明天。

苍梧谣十七首

其一

磁,纵隔千山感应之。相偎矣,永世不分离。

其二

渔,撒网天边一获无。珊瑚上,隐隐美人鱼。

其三

栏,独倚黄昏树色寒。秋风里,愁尽数支烟。

其四

天，云尽澄蓝不可攀。孤峰顶，一鹗正盘旋。

其五

风，也爱枝头蜜橘红。连吹动，千百小灯笼。

其六

灯，巨晃风中守到明。前山瀑，一夜冻成冰。

其七

晴，万丈光芒照眼明。千寻塔，其上有雄鹰。

其八

嘻，一路狂奔一路迷。天光亮，地狱已逃离。

其九

虹，雨后云开两道浓。秋江去，相抱碧天东。

其十

嚎，触底弹簧一跃高。斯巴达，怒举有霜刀。

其十一

神,久矣安排困众身。迷宫里,先出是谁人?

其十二

风,洋面粼粼映彩虹。沙滩上,拾贝几儿童。

其十三

霉,五月阴潮屡闷雷。凝眸处,地上满烟灰。

其十四

冬,麻将声声兴意浓。荒芜处,自摸是东风。

其十五

寒,突至江南掩泪看。风兼雨,一夜百花残。

其十六

春,三五儿童逐白云。柔风起,草野见羊群。

其十七

瓜,在手虽云大且佳。予心属,宁拾一芝麻。

燕衔杯三十七首

"苍梧谣"亦即"十六字令",又称"燕衔杯""花娇女",为最短之词牌,以一七三五言为正体,另有三五三五言、五三三五言二式,为其变体。变体二式,前贤极少作,予今尝试之,并自定三五三五言为"燕衔杯",五三三五言为"花娇女"。

其一

心何在,峨眉万佛巅。身何在,闹市肉摊前。

其二

春梦里,花环公主身。醒来是,四壁只灰尘。

其三

人心大,乾坤探索中。人心小,计较一根葱。

其四

沧江上,孤舟没晚烟。青峰外,雁背夕阳天。

其五

庵堂静,禅茶袅袅香。青苔上,返照有余光。

其六

莲叶上，团团滚露珠。莲蓬下，隐隐戏游鱼。

其七

寒窗里，高低万卷书。寒窗外，皓月一轮孤。

其八

江畔柳，无风也弄波。江心月，清夜照红荷。

其九

油画上，温馨有睡莲。谁曾想，莲上小虫眠。

其十

星辰下，看天有几人。星辰上，看地是何神。

其十一

无尘趣，孤清莫羡仙。酸甜杂，有味是人间。

其十二

思过往，酸甜苦辣咸。绵绵雨，湿尽是阶檐。

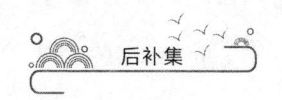

其十三

微风过,沾衣几雨丝。花开艳,日暮惹相思。

其十四

风猎猎,孤身立险峰。长抬望,天地在心中。

其十五

天星迥,鸿飞已退群。孤身往,大漠雪纷纷。

其十六

鹅卵石,儿童踩水中。游鱼小,钻入藻萍丛。

其十七

红枫下,幽人独自愁。青苔上,小睡一蜗牛。

其十八

风信子,盈盈遍野开。南风起,候鸟一群来。

其十九

花瓣上,晶莹一泪珠。风过也,恰滴大红菇。

其二十

林中路,幽人有所思。钟声定,斜月挂松枝。

其二十一

蛛网上,绯红数瓣花。花中露,倒映满天霞。

其二十二

庭院里,玫瑰昨夜开。知更鸟,清晓立窗台。

其二十三

曦光入,松针一露垂。悠然落,惊梦画眉飞。

其二十四

蘑菇上,蜻蜓一架悠。蘑菇下,酣睡小蜗牛。

其二十五

醒自问,潇湘入梦无?来霜雁,快寄一封书。

其二十六

风暴里,摇摇走企鹅。冰川上,极夜向天歌。

其二十七

诗僧独，行吟大漠中。仙人掌，笔直刺苍穹。

其二十八

曦光好，丛林洒入迟。梅花鹿，自在饮清溪。

其二十九

狂风雨，螺旋世界惊。台风眼，平静看天星。

其三十

含羞草，娇怀少女心。春风里，一敛见情深。

其三十一

闻鸟叫，抬头礼白云。行街上，笑对陌生人。

其三十二

骑海马，环游四大洋。逢龟蚌，结伴看星光。

其三十三

天不语，相思泪落频。荒原上，枯木一芽新。

其三十四

云漂泊,垂头羡慕根。根长想,何日伴流云。

其三十五

蘅皋上,孤幽步月人。翩然鹤,矫翼入轻云。

其三十六

吹泡泡,儿童喜不胜。晴空下,千百气球升。

其三十七

天拂晓,曦光正走来。花听见,一一向东开。

花娇女二十二首

其一

新月挂枝头,不尽愁。伊人远,江水自悠悠。

其二

谁弄十三弦,起晚烟。伊何在,独伫泪涟涟。

其三

三五女娃嬉,夏晚时。薰衣草,上有气球飞。

其四

春晚恋人游,荡小舟。流星雨,正落远山头。

其五

旋转大风车,背晚霞。春风里,红白满山花。

其六

江上日头西,白鹭飞。烟岚起,舟子棹歌归。

其七

相约逐霞光,日影长。群飞蝶,撩动野花香。

其八

峰顶一枯僧,望远星。人间小,独伫到天明。

其九

幽径满苍苔,蝶不来。篱笆上,红紫喇叭开。

其十

天晓鸟群飞,向日葵。南风里,一队映朝晖。

其十一

愁绪塞心田,月色寒。葡萄酒,独酌四更天。

其十二

微笑看儿童,漫画中。儿童正,旋转万花筒。

其十三

孤傲一天鹅,不作歌。清秋夜,展翅入银河。

其十四

窗畔一黄莺,不转睛。师开讲,汝亦作旁听。

其十五

沙漠夜中行,北斗星。遥相引,念念莫天明。

其十六

何物醉人深,就只今。千杯酒,不敌一芳心。

其十七

灵妙水晶球,透体柔。星河里,几点彩鱼游。

其十八

三月在江南,雨也甜。梨花下,独自酒微酣。

其十九

何必水三千,世路难。炎炎日,一口满心欢。

其二十

柔嫩夜来香,猛虎旁。花开好,一朵映星光。

其二十一

弥望海天蓝,剑指南。长风好,万里送征帆。

其二十二

天畔启明星,似远灯。心中梦,伴此亦东升。

思忆十首

其一　人月圆

寻芳记得当年路,携手两无猜。盈盈笑语,滋滋乐事,只在童孩。　白云过矣,秋风吹送,三十年哉!伊人何在?亭亭身影,又入心怀。

其二　采桑子

娇姿最爱盈盈笑,初画修眉。携手佳期,相戏游园月上时。　觉来三十年前梦,细雨迷离。双燕低飞,落尽梨花泪暗垂。

其三　采桑子

笑靥谁在花丛等,玉臂轻挥。倩影依稀,夜梦回时月已低。　凝眸独向窗前坐,往事沉思。晓雾霏微,不尽童欢伴鸟飞。

其四　踏莎行

快悦争球,缠绵斗草,春晴放学天犹早。更无半事挂心头,花开时节嫣然笑。　逝水悠悠,孤鸿杳杳,佳人如梦难寻找。窗前碎尽是灯芯,相思一夜芦花老。

其五　浣溪沙

记得当初一块糖,分成两半笑相尝。回眸告说小花香。　叹息而今人去远,对春心事只堪伤。芳尘滚滚水茫茫。

其六　清平乐

如胶粘住,日日同欢度。乞巧嬉游多乐趣,还笑牛郎织女。　世间几变风霜,佳人音讯茫茫。数载未能一遇,而今情羡牛郎。

其七　女冠子

二十四点,一笑灵机还敛。记当初,欲把芳唇启,诚羞扑克输。　牌封尘土久,心共菊花枯。醉里重嬉戏,乐无余。

其八　菩萨蛮

当年共逐东风里,纸鸢一放呵呵喜。红晕上腮来,春花陌上开。　悠悠数十载,日暮人何在?秋雨滴梧桐,远峰惆怅中。

其九　菩萨蛮

学堂散后争嬉戏，拍球捉蝶花开季。烂漫别无心，秋千出柳荫。　　不知人会老，日日多欢笑。一梦已当年，神伤细雨前。

其十　菩萨蛮

当初一别难相见，圈中偶睹桃花面。万水与千山，年来暑又寒。　　时时相伴密，哪比孩童日。奔笑逐春天，无邪两手牵。

跋

　　学长论诗，特别看重创新，甚至认为一首诗歌在优劣评判上，是否具有开创性要比是否具有真性情更重要。以此作为理论基础，学长在自己的诗词创作上，便也表现出了极大的创新性。以我鄙陋的眼光看来，学长在他的这部诗词集中，至少有八大创新之处。

　　其一是体现在体裁上的，表现为对六言绝句的开拓。我国传统齐言诗，以五、七言体为主要形式，六言诗并不发达，虽然也有如王维、王安石、黄庭坚等少数几家创作出一定量的优秀作品，但即便是这些写过六言诗的诗人的集子中，六言诗占比仍然很小，质量也不突出。学长却喜欢写六言，并对六言诗，特别是六言绝句的体制利弊有着深刻的认识。理论和实践结合，去弊取利，结果就创作出了相当规模的六言绝句诗。从数量上来看，已经超过了七言绝句诗；从质量上来看，精美、成功的作品很多，如前期之《清明山行》《拟送廖义坤、刘鑫、牛立超二首》，后期之《牺牲》《洗涤》；从内容上来看，表现的范围也很广。这对古代并不发达的六言诗，自然是一番很可观的开拓。

其二也是体现在体裁上的，表现为对令词中"苍梧谣"一体的开拓。"苍梧谣"是众多词牌中字数最少的，只有十六字，古代虽也有词人填写，但所作不多，更缺乏精品。学长却以他广博的知识面、卓越的诗歌悟性，敏锐地发现"苍梧谣"一体与日本俳句颇为相似，均宜表现诗人一时的灵感、触发，且"苍梧谣"一、三、五、七言俱备，灵动多变，比俳句更有优势。学长付诸实践，共填写了上百首之多，为所用词牌之冠。且如"棋，一局今生败已知。重回首，窗外雨凄迷""沙，一粒心中也盼家。恒河里，跌撞滚翻爬""听，天上星辰细有声。花眠未？斜月照多情"等，都十分新颖巧妙，这自然又是一番开拓。

其三是体现在用词、用典上的。诗词虽是古典的文学形式，但学长毕竟是现在的人，他的诗词采用了古典的形式、意象、典故，同时也将现当代新有的词汇、典故等融入其中。"末班车""动车""绿卡""星巴克""微信""橡皮泥""影院""炒股""加班"等均入诗词，别具亲和感。这样一来，自然大大丰富了旧体诗词的内容，也大大增强了旧体诗词的表现力。

跋

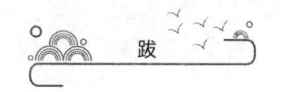

其四是体现在表现手法上的，学长承韩孟、李贺险怪幽诡一派，而再加以开辟挖掘，于是用怪诞变异的手法、意象，写出了一系列幽诡离奇的诗作。这样的诗词作品，在全集中占比固然不高，但离奇幽幻，别有一番趣味。

其五也是体现在表现手法上的，学长在前人的基础上，又从西方文学中汲取营养，并将西方近现代出现的表现主义、达达主义、魔幻现实主义、超现实主义等流派的技法施之于旧诗中。学长的高明之处，不在于能用这些现代化写作技法，而在于将这些技法用到诗词中去，居然全不破坏旧体诗词古雅蕴藉的美感，这就难能可贵了。

其六则是体现在诗歌内容上的，表现为部分诗词对现当代生活进行了摹写和再现。学长学古，但始终认为文学是反映现实的，他的诗词有许多都写了现今的事实和现象，反映当代人的生活面貌和心理状态。这些当然非古代所有，与古贤比，自然也显出新意来。

其七也是体现在诗歌内容上的，表现为部分诗词流露出宗教关怀和哲学思致。中国传统诗词在内容上偏重于仕隐的情结，少涉宗教和哲学，偶尔有，也不过略受影响，如禅宗之于王维诗。学长精通儒、释、道、墨诸学，对宗教、哲学有很深的研究，心中颇怀宗教崇仰，亦多哲思叩问，于是在诗作中也时有宗教情怀和哲学思致的流露。这些诗作，提升了旧体诗词的境界，也在一定程度上弥补了前贤的不足，意义是非凡的。

其八还是体现在诗歌内容上的，表现为部分诗词流露出了浓厚的童趣。其中一些是直接引入童话，如《清平乐·圣杯何处》中写到狼人公主、女巫魔法，《昭君怨·风定荷塘寂寂》中写到受诅咒的青蛙，《唐多令·童梦》中写到入魔宫刺杀猛龙，救出公主。另一些则是写到儿童，或以儿童心理来写，前者如《蓝莓》《四叶草》，后者如《蚂蚁》《萤火》《数沙》等。这些作品，看似小巧、简单，也不用任何修辞，但学长很看重，认为写得全无心机，绵绵而有大爱、大探索精神流露，是集中最高者。

以上八点，是我个人浅薄的看法，集中真正的创新之处当远不止此，我姑妄一写，但愿抛砖引玉，能引出读者的新探索、新发现。另外，越写下去，就越是佩服学长强大的创新生命力，越是惊叹他深挚的诗词情怀。相信以后的岁月里，学长在诗词上会有更多的创新，更大的发挥。

张茂广

壬寅年夏于河北诚明斋

（张茂广，诗人，资深古汉语编辑，本书作者大学时期的学弟。）